# 奥州小道
（双语版）

〔日〕松尾芭蕉 著
阎小妹 陈力卫 译注

生活·讀書·新知 三联书店

Chinese Copyright ⓒ 2023 by SDX Joint Publishing Company.
All Rights Reserved.
本作品中文版权由生活·读书·新知三联书店所有。
未经许可,不得翻印。

**图书在版编目(CIP)数据**

奥州小道:双语版:汉、日/(日)松尾芭蕉著;阎小妹,陈力卫译注.—北京:生活·读书·新知三联书店,2023.1
(文化生活译丛)
ISBN 978-7-108-07437-9

Ⅰ.①奥… Ⅱ.①松… ②阎… ③陈… Ⅲ.①游记-作品集-日本-现代-汉、日 Ⅳ.① I313.64

中国版本图书馆 CIP 数据核字(2022)第 074042 号

| | | |
|---|---|---|
| 策划编辑 | 叶 彤 | |
| 责任编辑 | 周玖龄 | |
| 装帧设计 | 康 健 | |
| 责任校对 | 常高峰 | |
| 责任印制 | 张雅丽 | |
| 出版发行 | 生活·讀書·新知 三联书店 | |
| | (北京市东城区美术馆东街 22 号 100010) | |
| 网 址 | www.sdxjpc.com | |
| 经 销 | 新华书店 | |
| 印 刷 | 三河市天润建兴印务有限公司 | |
| 版 次 | 2023 年 1 月北京第 1 版 | |
| | 2023 年 1 月北京第 1 次印刷 | |
| 开 本 | 850 毫米 × 1092 毫米 1/32 印张 6.75 | |
| 字 数 | 80 千字 图 10 幅 | |
| 印 数 | 0,001-5,000 册 | |
| 定 价 | 48.00 元 | |

(印装查询:01064002715;邮购查询:01084010542)

奥州小道 插图·行程图

《第一段·起程》插图

《第十四段・佐藤庄司故居》插图

西

多賀城

去京一千五百里
去蝦夷國界一百廿里
去常陸國界四百十二里
去下野國界二百七十四里
去靺鞨國界三千里

此城神龜元年歲次甲子按察使兼鎮守將軍從四位上勳四等大野朝臣東人之所置也天平寶字六年歲次壬寅參議東海東山節度使從四位上仁部省卿兼按察使鎮守將軍藤原惠美朝臣朝獦修造也天平寶字六年十二月一日

《第十九段・壺碑》插圖

《第二十段·末松山》插图

《第三十段・出羽三山》插图

《第四十一段·全昌寺》插图

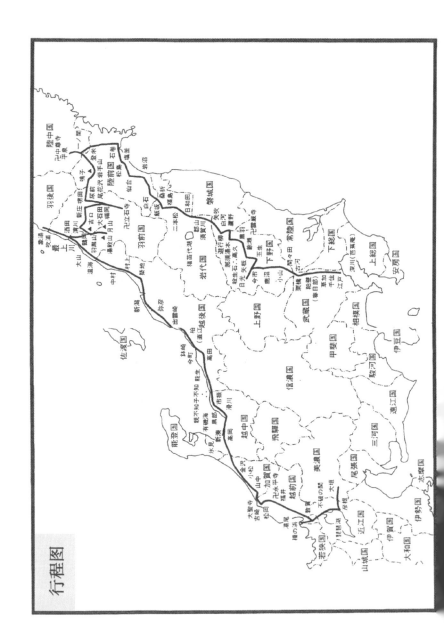

# 目　录

奥州小道插图·行程图

导读 …………………………………………… *1*

序 …………………………………………… *2*

第一段　起程 ………………………………… *6*

第二段　草加 ………………………………… *10*

第三段　室八岛 ……………………………… *12*

第四段　佛五左卫门 ………………………… *14*

第五段　日光 ………………………………… *16*

第六段　那须原野 …………………………… *22*

第七段　黑羽 ………………………………… *26*

第八段　云岩寺 ……………………………… *30*

第九段　杀生石·游行柳 …………………… *34*

第十段　白河关 ……………………………… *38*

第十一段　须贺川 …………………………… *42*

| 第十二段 | 浅香山 | 48 |
| 第十三段 | 信夫村 | 50 |
| 第十四段 | 佐藤庄司故居 | 52 |
| 第十五段 | 饭塚 | 56 |
| 第十六段 | 笠岛 | 58 |
| 第十七段 | 武隈松 | 62 |
| 第十八段 | 宫城野 | 66 |
| 第十九段 | 壶碑 | 70 |
| 第二十段 | 末松山 | 74 |
| 第二十一段 | 盐釜 | 78 |
| 第二十二段 | 松岛 | 80 |
| 第二十三段 | 瑞岩寺 | 84 |
| 第二十四段 | 石卷 | 86 |
| 第二十五段 | 平泉 | 90 |
| 第二十六段 | 尿前关 | 96 |
| 第二十七段 | 尾花泽 | 100 |
| 第二十八段 | 立石寺 | 104 |
| 第二十九段 | 最上川 | 106 |
| 第三十段 | 出羽三山 | 110 |
| 第三十一段 | 酒田 | 118 |
| 第三十二段 | 象潟 | 122 |

| 第三十三段 | 越后路 | 128 |
| 第三十四段 | 市振 | 132 |
| 第三十五段 | 加贺国 | 136 |
| 第三十六段 | 金泽 | 138 |
| 第三十七段 | 太田神社 | 142 |
| 第三十八段 | 那谷 | 144 |
| 第三十九段 | 山中 | 146 |
| 第四十段 | 离别 | 148 |
| 第四十一段 | 全昌寺 | 152 |
| 第四十二段 | 汐越松 | 156 |
| 第四十三段 | 天龙寺·永平寺 | 158 |
| 第四十四段 | 福井 | 160 |
| 第四十五段 | 敦贺 | 164 |
| 第四十六段 | 种之滨 | 168 |
| 第四十七段 | 大垣 | 172 |
| 跋 | | 176 |

| 旧版后记 | 178 |
| 新版后记 | 181 |

# 导　读

## 一

《奥州小道》是日本江户时代俳谐诗人松尾芭蕉的代表作，也是日本文学史上最优秀的游记作品。多年来它一直深受日本读者的喜爱，被视为代表日本民族文学与精神世界的经典之一。十七世纪初日本结束了近百年群雄割据的战乱局势，以大将军德川家康为代表的江户幕府掌握了政权。直至十九世纪中叶的明治维新，长达近三百年之久的江户时代在经济、文化、思想各方面呈现出空前的繁荣昌盛，特别是从朝鲜引进活字印刷技术后，城市出版事业得以迅速发展，除了幕府官方直接刊行儒学汉籍经典外，京都、江户各主要寺院也积极出版佛教法书，与此同时古典文学的欣赏和创作也由宫廷贵族阶层迅速走向新兴的城市商人阶层以及僧人群体。印刷、出版书坊的活跃，带动出版事业的发展，直接刺激了各种文学的创作。江户时代

许多新的文艺形式，如市井小说、戏剧、歌舞伎以及浮世绘等层出不穷，井原西鹤、近松门左卫门、上田秋成等著名的文学家更是各领风骚。其中由松尾芭蕉倡导的俳谐，特别是诗文并举的游记文学《奥州小道》，可以说是江户时代文学史上尤显光辉的一页。

日本文学的诗歌中原本有直接受中国诗歌影响的汉诗，也有传统的和歌与连歌。江户时代又出现了以轻松诙谐为主旋律、反映平民百姓生活、带有通俗情调的俳谐连歌。这种可称为市民通俗文化的诗歌明显地区别于古代贵族文化的和歌和中世贵族沙龙式的连歌。江户初期由松永贞德开创的俳谐连歌，后简称"俳谐"，冲破了传统连歌的许多约束禁锢，直接采用日本古典和歌或连歌中的隐语，并吸收运用中国古典诗词的语句，其中也不乏通俗的口语、谚语。另外，俳谐的题材也不同于和歌，它是生活中随处可见、可闻、可感受到的东西。俳谐常常省略主谓语，用微妙精炼的表现手法，表达作者对日常生活琐事、对人们彼此之间的感情以及变幻无常的大自然的瞬间感受。这种俳谐由多人轮流作诗唱和，与中国的联句形式很相近。它强调对前一句诗的巧妙承接，要求既带诙谐可笑之情趣，又要前后句相互协调，努力营造出一种和睦、轻松、欢快的氛围。所以俳谐连歌可以说是一种集体创作活动。在形式上与和歌的三十一音拍相比，俳谐连歌的第一首诗叫作

"发句",它只有十七个音拍,且分为三节,后来发展为独立的俳句形式,被称为世界韵文中最短小、最精巧的一种诗歌形式。宽永十年(1633)出版的第一部俳谐歌集《犬子集》里,以松永贞德为首的贞门作者多达一百七十八人。俳谐流行一段时间后又进入到以西山宗因为代表的"谈林"时代。谈林俳谐极力追求幽默、诙谐,加快了俳谐的通俗化与大众化。其中俳谐大师井原西鹤的作品最为突出,形象地反映了大阪商人的豁达性格,生动地描绘出一幅幅市井风俗的场面。但由于谈林俳谐一味追求新奇,反而很快陷入停滞状态。到了延宝末年(1681),谈林俳谐日渐衰退。此时松尾芭蕉的出现,给日本俳谐界带来了新的生机。

## 二

　　松尾芭蕉生于伊贺国(现三重县)上野的一户富裕农家,排行老二,除长兄之外还有一个姐姐三个妹妹。父亲松尾与左卫门在他十三岁时去世。年轻时,他便得到伊贺国藤堂藩主一家的赏识,作为伴读服侍藩主之嗣子良忠。在此期间,芭蕉随主人良忠受贞门俳谐的熏陶,以宗房为俳号经常参加俳谐创作,并与许多文人有交往。芭蕉现存最早的作品是十九岁时写下的一首俳句。宽文六年(1666),年仅二十五岁的良忠突然病逝,二十三岁的芭

蕉失去了入仕之路，不得不重返故乡。在长兄家里，他一边继续创作俳谐，一边为自己今后的生路苦思冥想。宽文十二年（1672）年初，芭蕉二十九岁，他将自己创作的俳诗集奉献给汤岛的天满宫。在这本俳诗集中，他大胆地吸收了当时流行的歌谣及通俗的词汇，具有崭新的面貌。同年春天，芭蕉为探索新的俳谐创作到了江户，他很快地适应了当时在江户盛极一时的谈林派俳谐诗，其俳号也由宗房改为桃青，开始在俳谐文坛显露头角，获得能够指导俳谐创作的导师地位。虽然由此可以通过评判门徒的作品来获取一些生活费用，但有时也不免为了讨好门徒而违心评点。所以芭蕉曾自我讽嘲，称自己是一个"风流文雅的乞丐"。延宝六、七年间（1678—1679），江户出版的主要俳谐书籍都收录了芭蕉的作品。然而到了延宝八年（1680），三十七岁的芭蕉突然离开位于江户中心日本桥的家宅，开始隐居于隅田川对岸的深川。翌年他搬进了一间草庵，自称"泊船堂主"，写下"夜来风摇芭蕉庵，闻听漏雨滴破盆"一诗，并题曰"老杜有茅屋风破之歌，东坡又作屋漏之句。今夜吾独寝草屋，闻听雨打芭蕉"。为了摆脱谈林派的低俗，芭蕉决意从李白、杜甫等中国古典诗人的风韵中营造自己的风格。从这里可以看出芭蕉的隐居，并不是单纯地、消极地躲避现实，它意味着芭蕉要把自己的全部精力投入到文学、艺术的创作活动中去。天和二年

(1682),江户的一场大火直冲位于深川的芭蕉住所,芭蕉庵瞬时化为灰烬。身无分文的芭蕉只得暂时寄居于甲州的弟子家。第二年秋上回故乡为母亲扫墓后,他再度返回深川。这次旅行后留下的《露宿纪行》成为芭蕉的第一部游记文学。之后经过弟子的多方援助,几经周折重建起一座新的草堂,芭蕉总算有了一个安居之地。那几年门下弟子络绎不绝,芭蕉度过了一段比较悠闲安稳的生活。

"寒夜只闻橹击浪,翻肠倒肚泪千行。"旅行在芭蕉的一生及文学创作中极为重要,继《露宿纪行》后,贞享四年(1687)秋,已四十四岁的芭蕉接连数次出游日本各地,《负笈小文》《更科纪行》以及《旷野》四部旅行游记相继问世,确立了芭蕉独立的文学风格。旅途中芭蕉不仅观赏自然风光,同时也亲自领悟到日本独特的风土人情与中国诗人所描写的不同之处。那些充满民族文化传统的名胜古迹,需要亲临其境,用自己的语言表现出来。在"秋风阵阵吹,猿声啼不住。路有弃婴哭,更揪旅人心"这首诗里,芭蕉一边想象着中国诗人所描写的自然景象,同时又不得不面对路旁被遗弃的孤儿这一现实。从这首诗里既可以看出芭蕉受中国诗歌的影响,又可以感受到芭蕉独特的风格。"汉诗、和歌、连歌与俳谐各尽风雅,每当汉诗、和歌、连歌有言不尽意之时,自以俳谐来表之。""樱花一片盛开,黄莺四处啼叫。""河蛙跃古池,可听其水声,若纵

身草丛,亦可观其动态,所见所闻所感,皆可以俳谐表之,即为之诚也。"在这里,芭蕉具体地指出了俳谐应向自由抒写情志的方向发展,诗人的创作题材,不应被固有的传统概念所约束,日常所感受到的,皆可自由地取而用之。日本传统文学自古崇尚的"诚",也就是直率地表达个人真实的感情。正是以此为立足点,他大胆地将俳谐与传统正宗的古典和歌、连歌相提并论,从理论上充分肯定其文学价值,竭力提高俳谐在日本文学中的地位。

## 三

元禄二年(1689)初春,芭蕉开始了他平生的第五次长途旅行,自江户出发后一路北上,直达奥羽,横穿至北陆,然后南下由美浓的大垣乘船抵达伊势宫。此次出游历时一百五十天,行程四千余里,是芭蕉一生中最成功的壮举。旅行归来后经过多次修改,于元禄七年(1694)初夏才完成了这部题为《奥州小道》的游记。这篇游记,既不同于中国文学家徐霞客的游记,它没有什么对植物地理的科学考察,又不同于李白、杜甫等诗人满怀经世救国之志结友游山的出游诗。杜甫的诗中充满了对战争的愤慨,对深受灾难的人民表示了极大的同情。然而身处太平之世的芭蕉却不尽相同,他说:"吾虽知杜诗,而不解其意,知其

孤独，不解其穷乐。"由于中国古代的科举制度，历代诗人多与朝廷官府不无关联，对政治社会天下大事无不关切。而日本始终是封建世袭制，将坎坷仕途视为世俗的芭蕉，对杜诗中经世救国的浓厚政治思想色彩难以体会接受，且无法效仿。从芭蕉以上表述中也可以看出他已意识到自己与杜甫的不同之处，他注重吸取杜诗对大自然的描写，一心追求风雅和艺术而抛开政治与社会的问题。常年的旅行生活使芭蕉从变化无常的大自然中亲身体会到与天地永存不朽的生命力。这就是晚年贯穿其艺术思想的"不易流行论"（即在持之以恒绝不动摇根本的基础之上，又不断追求革新变化）。

"芳草萋萋岩石青，勇士功名梦一枕。"在将军藤原世家三代的平泉馆遗址前，芭蕉面对其荒凉的景象，感慨万分，留下了这首名句。战争的残酷令多少人葬身，昔日尸骨遍地的战场与将士们追求的荣华功名如梦幻一般消逝无迹。此时芭蕉的脑海里虽然回荡着杜甫"国破山河在，城春草木深"的诗句，然而出自他内心的感叹却完全不同于杜甫，其诗境亦与杜甫的《春望》迥然不同。在这首诗中，芭蕉为自然之永恒与人生之短暂而兴叹不已，以萋萋丛生的草木来表述其人生无常的心境，强烈地感染着读者。芭蕉在这次旅行中除了探访奥州一带向往已久的名胜古迹——如古代诗人曾歌颂过的白河关、松岛、平泉等

地——独特的自然风景外，还有一个重要的目的，即走访陆奥地区的文人挚友，结识一些日渐兴起的地方俳谐势力。在俳谐诗人中已享有盛名的芭蕉，所到之处自然受到当地富豪显族及文人们的热情款待，客主围坐在一起，饮酒赋诗，竞表风流。芭蕉常以"乞食"自嘲，其实不过是指俳谐诗人无论何时何地总要依靠他人维持生计，同时也意味着自己在旅行中寻找一些古代诗人的心迹。

《奥州小道》是纪行文，但其旅行日程以及文中所描写的许多场景并非完全属实，根据随行弟子曾良的日记，可知其中有关那须原野少女、尿前关妓女的记述很有可能是芭蕉有意识的点缀。《奥州小道》的最后成稿时间大约为元禄七年（1694）四月。当时芭蕉委托浅草自性院的住持素龙誊写后转交给故乡的长兄半左卫门留作纪念。目前通行的主要有三种系列版本，第一系列即上述素龙手抄本，有芭蕉亲笔题的书名与素龙的跋文，也是我们这次翻译用的底本。第二系列（通称柿卫本）虽然也是素龙抄本，但内容略有不同，对第一系列本的解读有不少参考价值。第三系列（通称曾良本）是芭蕉的弟子曾良的手写本，一般认为属于芭蕉的草稿本。除此还有种类繁多的复制本，近年又新发现了芭蕉的亲笔手写本，但学界对其定位仍有各种争议。

# 四

奥州小道之旅结束后,芭蕉以"不易流行"的思想不断改革,开拓俳谐的新领域,他站在崇尚传统、尊重古人的基础上努力寻求俳谐的一种"轻松"感。当时为筹集奥州旅费而卖掉了位于深川的芭蕉草庵,芭蕉返回江户后一段时间曾住在"幻住庵",并在《幻住庵记》(1691)中写道:"回顾以往,曾有入仕之企图,亦曾敲佛门望修禅脱俗。然而一切不过徒劳一场。如今孤身寡人四处漂泊,这老朽之木无用之材只有将一片痴情全部寄于这世间的风月花鸟,致力于俳谐。昔日为吟诗作曲,白乐天劳伤其五脏之神,老杜则消瘦如柴。诗圣诗仙尚如此,何况我愚昧等闲之辈。虚幻之处,何求安居。"从上述自白中,我们可以看出中国诗圣对芭蕉一生的俳谐创作始终产生着巨大影响。尽管芭蕉本人实际的文学创作思想及艺术风格早就远离李白、杜甫而独具一格了。

芭蕉一生不曾娶妻,既无任何家产,亦无自己的住宅,可谓终身一无所有,平素生活主要是靠门下弟子的援助。每当出游旅行时,那些崇仰蕉风的弟子必要聚集在一起前来饯别,举行盛大的送别会。芭蕉自奥州旅行之后的两年间,往返于大津、京都、江户之间,寄居近江义仲寺

"无名庵"、京都嵯峨的别墅"落柿舍"等处。元禄五年（1692）芭蕉四十九岁时，门下弟子为他建造了新芭蕉庵，举行赏月歌会等。元禄七年（1694）十月十二日芭蕉因病去世，享年五十一岁。根据芭蕉生前遗嘱，其遗骨葬于木曾义仲寺（现滋贺县大津市境内）。

除上述五部游记文学作品以及早期俳谐创作以外，芭蕉的俳谐著作主要有通称"芭蕉七部集"的《冬日》《春日》《荒野集》《猿蓑》《瓢集》《木炭草包》《续猿蓑》等。

通过芭蕉一生不懈的努力与积极倡导，基于生活的通俗文学——俳谐终于达到了艺术顶峰，其短小的五七五韵文形式得到今天世界上许多国家的文学家、诗人的赞赏与喜爱，而且以各自的民族语言按其形式创造诗句，中国也诞生了"汉俳"这一文学新样式。

《奥州小道》集散文诗歌之大成，不仅对以后日本的诗歌创作有着极为深远的影响，而且代表了一种日本民族的美学意识，从中可以了解日本的风俗习惯，欣赏日本的文学、艺术和美学。

该书早已被世界各国翻译成多种文字出版发行。今天我们有机会把它翻译成中文出版，但愿中国的读者能通过这部游记领略日本本州岛上美妙的自然风光，体会昔日日本民族古老淳朴的风土人情，并借此窥视日本古典文学的一斑。

我们在翻译注释中主要参考了《芭蕉文集》(日本古典文学大系四十六卷,岩波书店)、《松尾芭蕉集》(日本古典文学全集四十一卷,小学馆)以及《新订奥州细道》(颖原退藏、尾形仂校注,角川文库)等。

阎小妹

二〇〇一年八月

# 奥州小道

## 奥の細道

# 序

光阴者百代之过客[1]，岁月往返亦如旅人。舟子船头渡生涯，驭手执辔迎花甲，亘古至今，骚人墨客客死他乡者不知凡几。我亦将羁旅了此终生。昔日随薄云轻风，徜徉于鸣海之岸须磨之浜[2]。去年[3]秋上，重返隈田川畔破旧的茅舍，待拂去屋顶蛛丝尘网时，已临近岁暮。如今，春风再度，望长空霞彩霭霭，令人心醉神迷。何时我方能跨越白河之关[4]？此心之急情之切，犹如精灵附体，又仿佛被道祖神[5]召唤，终日迷离恍惚，心神不安。

---

[1] 见李白《春夜宴桃李园序》："夫天地者万物之逆旅，光阴者百代之过客。"
[2] 鸣海、须磨皆是日本古典文学中常出现的景点，须磨为《源氏物语》主人公流放之地。
[3] 指贞享五年（元禄元年），即1688年。
[4] 为防范夷人而设立的奥州三关之一，遗址在福岛县白河市，因能因法师的和歌而闻名（参见"白河关"段）。
[5] 道祖神，即守路神，防止路遇恶魔、保护行人。

# おくのほそ道

## 序

月日は百代の過客にして①、行かふ②年も又旅人也。舟の上に生涯をうかべ、馬の口とらえて老をむかふる③物は、日々旅にして、旅を栖とす。古人も多く旅に死せる④あり。予もいづれの年よりか、片雲の風にさそはれて、漂泊の思ひやまず、海濱にさすらへ、去年の秋、江上の破屋に蜘の古巣をはらひて、やゝ年も暮、春立る⑤霞の空に、白川の關こえんと、そゞろ神の物につきて心をくるはせ、道祖神のまねきにあひて取もの手につ

---

① にして,为判断助动词"なり"的连用形"に"加接续助词"して",相当于口语的"であり"。
② 行きかふ,为复合动词,表示往来、交错等意。"かふ"应读为"こう",为中世以后元音结合的长音化现象。如:"あふぎ""あふみ"分别读作"おおぎ""おおみ"。
③ むかふる,读作"むこうる",同上。
④ 死せる,为サ变动词"しす"加完了助动词"り"(前接已然形)的连体形"る",与"あり"之间省略了名词。
⑤ 立てる,为"たつ"加完了助动词"り"的连体形"る",同上。

补绽衣裤，结上笠穗，针灸足三里[1]，眼前即浮现松岛高悬的明月[2]。最终将茅舍转让出手，暂住弟子杉风的采茶庵[3]。

茅舍易新主，
佳节饰玩偶[4]。

且将此句作为八句之首阙[5]，一并悬挂在茅舍柱前，作为离家的纪念。

---

[1] 足三里，针灸穴位，位于膝盖外侧的下方。据说在此处进针可治百病。
[2] 松岛，日本三景之一，位于宫城县仙台市附近。特指松岛湾内的大小二百余岛及沿岸的名胜古迹。
[3] 杉风，姓杉山，江户中期的俳句诗人，为芭蕉门下七哲之一。其采茶庵位于深川平野町。
[4] 饰玩偶，为句中表示季语的词语，即春季。此句释义：至今我所隐居的草庵，眼看要换上新主了，正值农历三月三日女孩子的佳节，有妻室儿女之家搬到这里，一定会装饰上布娃娃玩偶，显得热闹吉祥起来。此句抒发了作者抛弃一切去远游的决心，同时也表达了对新房主的祝愿。
[5] 作连俳或百句时，写在怀纸（书写和歌、俳句的一种正规用纸）第一张正面的八首俳句。

かず、もゝ引の破をつゞり、笠の緒付かえて、三里に灸すゆる①より、松嶋の月先心にかゝりて、住る方②は人に譲り、杉風が別墅に移るに、

　　　草の戸も住替る代ぞ③ひなの家

面八句を庵の柱に懸置。

---

① すゆる、为二段动词"すゆ"的连体形，故接"より"。二段动词的一段化发生在江户时代后期，"すゆ"变为"すえる"。上文"むかふ"变为"むかえる"亦同。
② 住る，为"すむ"加"り"，同3页注⑤。
③ ぞ，为提示助词，表示强调，此处为句中切字，使前后形成鲜明对比。

第一段 /

# 起 程

三月二十七日。残月未坠,晓山凝翠。晨光熹微中,富士山峰隐约可见。上野、谷中的樱花[1],何时才能重见?昨夜,良师益友聚集一堂,今晨又登舟相送,直至千住[2]岸边。展望前途,遥遥三千里路程[3]。离情别绪令人心潮澎湃,禁不住珠泪涟涟。正是:

  春逝兮,
  鸟啼声声唤不回,

---

[1] 上野、谷中两地位于现东京都台东区。江户时期两处均以樱花闻名。
[2] 千住位于东京都足立区,是奥州之行的第一站。
[3] 三千里是强调路途遥远的一种夸张说法。李白有"白发三千丈"之语。

# 1. 旅立

　弥生も末の七日①、明ぼのゝ空朧々として、月は在明にて光おさまれる物から、不二の峯幽にみえて、上野・谷中の花の梢、又いつかはと心ぼそし。むつましきかぎりは宵よりつどひて、舟に乗て送る。千じゆ（住）と云所にて船をあがれば②、前途三千里のおもひ胸にふさがりて、幻のちまたに離別の泪をそゝぐ。

　　　行春や③鳥啼魚の目は泪

---

① 弥生，为阴历三月，即三月二十七日。本书中日期均为阴历日期，这里若转换成阳历日期的话，为五月十六日。
② 船をあがれば，为离船登陆，"ば"为接续助词，接用言已然形后，表示确定条件，与口语接续助词的"ので"意思相近。与现代日语的表示假定条件不同。
③ や，表感叹、感动。句中切字。

鱼泪满盈盈[1]。

吟此诗壮行,以发硕端[2],此时此刻,足下似有千斤,沉重难行。众人伫立路旁,一直目送到我们踪影消失之时。

---

[1] 从字面上看是感慨将要逝去的春天,表达作者惜别春天、留恋春色的感情,实际上还渗透着作者告别江户及良师益友的悲哀之情。全句释义为:春天即将过去,多么令人留恋惋惜。鸟儿为此在啼叫,鱼儿眼里也充满着泪水。作者在这里把自己惜别家园和友人的心情寄托于自然界的生物之中,描写手法类似于陶渊明《归园田居》之"羁鸟恋旧林,池鱼思故渊",或杜甫《春望》之"感时花溅泪,恨别鸟惊心"等。
[2] 这里专指旅行日记的首篇,即旅行的开端。

是を矢立の初として、行道なをすゝまず。人々は途中に立ならびて、後かげのみゆる<sup>①</sup>迄はと、見送なるべし。

---

① みゆる為みゆ的连体形，相当于现代语的みえる。

第二段 /

# 草 加

　　今年已是元禄二年[1]。此次奥州之行，可谓一念之发。虽说远游吴天[2]徒增白发，然那至今耳闻却未见之地若能亲历，且可生还，也就如愿以偿不虚此行了。怀着渺茫的期望，是日抵达草加驿[3]住宿。一经停下，瘦骨嶙峋的双肩顿时感到阵阵疼痛。本想只身轻装，但御寒之衣、防雨之具以及笔墨纸张缺一不可，况师友馈赠之物亦不忍放下，如今皆成了累赘。

---

[1] 元禄（1688—1704）是江户时期东山天皇的年号，江户幕府第五代将军纲吉统治下，其间社会稳定，学术文化领域呈现繁荣气象。
[2] 吴天，表示异域他乡。语出白居易诗："去年九月到东洛，今年九月来吴乡。两边蓬鬓一时白，三处菊花同色黄。"抑或据《禅林句集》："笠重吴天雪，鞋香楚地花。"
[3] 草加地处埼玉县东南部，现为市，原是奥州之行的驿站。

## 2. 草加

　ことし元禄二とせにや①、奥羽長途の行脚、只かりそめに思ひたちて、呉天に白髪の恨を重ぬといへ共、耳にふれていまだめに見ぬさかひ、若生て歸らば②と定なき頼の末をかけ、其日漸早加と云宿にたどり着にけり③。痩骨の肩にかゝれる物先くるしむ。只身すがらにと出立侍を、帋子一衣は夜の防ぎ、ゆかた・雨具・墨筆のたぐひ、あるは④さりがたき餞などしたる⑤は、さすがに打捨がたくて、路次の煩となれるこそわりなけれ⑥。

---

① にや，为判断助动词"なり"的连用形"に"加表示疑问或反问的提示助词"や"，通常在文中表示不确切的断定，类似口语的"だろうか"。
② 动词的未然形加"ば"表示假定，与已然形加"ば"表确定不同。现代日语用后者表假定。
③ にけり，为表完了的助动词"ぬ"的连用形"に"加表过去的助动词"けり"。
④ あるは，为接续词，或。相当于"あるいは""または"。
⑤ したる，是サ变动词"す"的连用形加表完了的助动词"たり"的连体形"たる"，后省略了体言。
⑥ なれる，是动词"なる"的已然形加完了助动词り的连体形；"こそ"为提示助词，表强调，后面要求用言的已然形，故此，形容词"わりなし"（意为无奈、没办法）呈已然形结句。

## 第三段

## 室八岛

今日参拜室八岛神社[1]。同行者曾良[2]说,此神为木花开耶姬[3],与富士山浅间神社之神是同一神。传说木花开耶姬入无门无窗之室[4],燃火发誓,在烈火中生下儿子火火出见尊,被后世尊为室八岛之神。和歌里"室八岛"常作为歌枕[5]吟诵,习惯配以"烟"字,其缘由便基于此。据说当地禁食鳑鱼的习俗[6]也与此相关。

---

[1] 指栃木市国府町大神神社,亦称室八岛明神。
[2] 曾良(1649—1710),芭蕉弟子之一,曾随芭蕉一同有过《鹿岛纪行》之旅。此次奥州之行,他一路照顾芭蕉,并留有《曾良日记》。
[3] 大山祇神之女、天孙琼琼杵尊之妃,因一夜同床而孕,受到天孙的怀疑,故有闭室燃火起誓之举。见《日本书纪》神代卷。
[4] 四面封闭的房子。
[5] 歌枕,自古以来和歌中所吟诵过的名胜古迹、诗迹,亦指将这些地方汇总而成的吟诗参考书。
[6] 传说烧鳑鱼后有恶臭,类似烧烤人肉的气味。见《慈元抄》。亦有一说认为鳑鱼是神鱼不可食。见《本朝食鉴》。

## 3. 室の八嶋

　室の八嶋に詣す。同行曾良が曰、「此神は木の花さくや姫の神と申て富士一躰也。無戸室に入て燒給ふちかひのみ中に<sup>①</sup>、火々出見のみこと生れ給ひしより<sup>②</sup>室の八嶋と申。又煙を讀習し侍<sup>③</sup>もこの謂也」將、このしろといふ魚を禁ず。縁記（起）の旨世に傳ふ事も侍し<sup>④</sup>。

---

① 　給ふ，接动词连用形后表示对其动作的敬意；み，接名词前表敬意。
② 　生れ給ひしより，"給ふ"的连用形加过去助动词"き"的连体形"し"，故后接格助词"より"。
③ 　はべる，接动词连用形后表示谦逊，相当于现代日语动词接"ます"。此处为"はべり"的连体形。
④ 　はべりし，"はべり"做动词单用时，为"ある""いる"的谦逊说法，相当于现代日语的"おります"；"し"同前注②，此处以连体形结句，多为近世以后的用法。

第四段 /

# 佛五左卫门

三十日〔1〕。夜宿日光山麓。店主人自我介绍说:"敝人处事接物以正直为本,故众人皆称'佛五左卫门'。请二位尽管放心宽衣安歇。"不曾想竟有佛灵现身于世,愿助我等四方巡游乞食的沙门弟子。细察主人举止言谈,确非世俗庸碌之辈,款待热情,淳厚直朴,令人感佩至深。诚如先圣所颂:"刚毅木讷,近乎仁。"〔2〕

---

〔1〕 据《曾良日记》记载,实际是四月一日参拜日光后住宿。元禄二年三月是小月,只到二十九日,没有三十日。这里应是作者在后来整理过程中为与前后文呼应而作的改动。
〔2〕 语出《论语·子路篇》:"子曰:'刚毅木讷,近仁。'"

# 4. 佛五左衞門

　卅日、日光山の麓に泊る。あるじの云ける①やう、「我名を佛五左衞門と云。萬正直を旨とする故に、人かく②は申侍まゝ、一夜の草の枕も打解て休み給へ」と云。いかなる佛の濁世塵土に示現して、かゝる③桑門の乞食順礼ごときの人をたすけ給ふにやと、あるじのなす事に心をとゞめてみるに、唯無智無分別にして正直偏固の者也④。剛毅木訥の仁に近きたぐひ、氣稟の清質尤尊ぶべし。

---

① けるは、過去助动词 "けり" 的连体形。
② かく，副词，汉字常写为 "斯"，相当于このように、このとおり。
③ かかる，为ラ变动词 "かかり" 的连体形，意为 "このような"。
④ 無智無分別、正直偏固，原本都是含贬义之词，这里用来强调店主人过分老实。…にして…なり，可看作现代日语的 "…であり…である"。

第五段 /

# 日 光

四月一日参拜日光山东照宫[1]。古时此山叫"二荒山",自空海大师[2]进山修行后改称"日光山"[3]。恐怕大师也未曾预料,千年后,它依然灵光普照天下,德布八荒[4],四民安居,天下太平。于此,握笔谨志,诚恐诚惶。

威威乎!

东照宫,佛光普照,

日光山,郁郁葱葱。[5]

---

[1] 1617年为祭祀德川家康而建造的神社。
[2] 僧人,平安时期日本真言宗开山鼻祖,804年到长安青龙寺留学,回国后颇受嵯峨天皇器重。擅长诗文、书法,被奉为日本三笔之一。
[3] 传说原来的二荒山东北部一年起两次风暴,故有此称。空海大师入山后平此灾害,并依其读改为同音而吉祥的"日光"二字。
[4] 指全国四面八方、整个大地。
[5] 此句释义为:初夏的阳光照耀着碧叶绿树,犹如日光山上东照宫的威光恩泽普照大地,令人可敬可畏。作者通过对大自然壮观景象的描写,表达对东照宫赞美崇敬的心情。

## 5. 日光

卯月朔日①、御山に詣拝す。往昔、此御山を二荒山と書しを、空海大師開基の時日光と改給ふ。千歳未來をさとり給ふにや、今此御光一天にかゝやきて、恩澤八荒にあふれ、四民安堵②の栖穏なり。猶、憚多くて筆をさし置ぬ。

あらたうと③青葉若葉の日の光

---

① 卯月,为阴历四月；朔日,每月初一。
② 四民,指江户时代的等级制度：士农工商,这里意指全体人民。安堵,即安居之意。
③ あらたうと,あら为感叹词；"たうと"的正确写法应为"たふと",汉字对应"尊",是形容词"たふとし"的词干。这里当是受五字格律所限,同时也有切字的作用,使此句前后分开。

黑发山顶,白云缭绕,积雪残留,点点斑斑。
曾良亦诵:

> 落发从师黑发山,
> 更衣袈裟奥州行。[1]

弟子曾良姓河合,名惣五郎,与我芭蕉庵相邻,平日柴米油盐全凭曾良操办打理。此次又随同出游,欲共赏松岛皓月、象潟风光,并解我旅途矜寂。临行前他剃发更装,身着黑色僧衣,改惣五郎为宗悟。故作黑发山之句,"更衣"二字铿锵有力。

登至二十余町[2]半坡处,岩洞顶端瀑布飞流直泻,百余尺下溅落在千岩碧潭之中。隐身入洞,隔水帘亦可观景,故名"后望泷"。

---

[1] 此句释义为:我剃发出家,换上黑色僧衣,来到黑发山麓。另有一说认为此句并非曾良所作,而是芭蕉自作,并自我欣赏说"更衣"二字听起来铿锵有力。
[2] 町,亦写作"丁",日本的长度单位。一町约一百一十米。此处指走了两公里的漫坡后,开始登山。

黒髪山は霞かゝりて、雪いまだ白し。

   剃捨て黒髪山に衣更 ①　　曾良

　曾良は河合氏にして、惣五郎と云へり。芭蕉の下葉に軒をならべて、予が薪水の労をたすく。このたび松しま・象潟の眺共にせん事 ② を悦び、且は羈旅の難をいたはらんと、旅立 暁 髪を剃て墨染にさまをかえ、惣五を改て宗悟とす。仍て墨（黒）髪山の句有。衣更の二字力ありてきこゆ。

　廿餘丁山を登つて瀧有。岩洞の頂より飛流して百尺、千岩の碧潭に落たり。岩窟に身をひそめ入て、滝の裏よりみれば、うらみの瀧と申傳え侍る也。

---

① 衣更，换上墨染的僧衣。它不单是表示夏季的季语，而且还暗喻环境之转变以及从师出行之决心。
② 共にせん事，同心与共。せん，サ変动词"す"的未然形加推量助词"ん"（由む的音便转成），表意愿。

少许禅坐"后望泷",
权作初夏修行乐。[1]

---

[1] 此句释义为:我清心寡欲,暂闭居于瀑布后,权作初夏修行的开端。因僧人从初夏四月十六日起九十天内,要居于一室修行,故有此说。

暫時は瀧に篭るや夏の初

第六段 /

# 那须原野

那须[1]黑羽町有熟人。前去探访，取近道横穿原野，远望一村落，径直向前。未想中途落雨不止，直至黄昏，借宿一农家。翌晨，一路行走，见原野上有人割草，周围有牧马，遂上前恳请相助。那山野村夫倒是通情达理，说道："一时间手里农活不得停下，无法带路。这一带小路纵横，易迷失方向，初来乍到，的确让人担心。就骑上这马，到了下榻之处将它遣返回来即可。"

继续上路。回头见两个孩童跟在后面欢蹦乱跳，其中一女童，名叫"重子"[2]，这名字虽不多见，却十分雅致。

---

[1] 那须，位于枥木县北部，温泉旅馆颇多，是著名的旅游避暑胜地。
[2] "重"，本是里外几件重叠穿的一套和服，有固定的各类色彩搭配。平安时期宫女穿得较多，故带有一种高雅的美感。这里用作名字，显得很别致。

# 6. 那須

　那須の黒ばねと云所に知人あれば、是より野越にかゝりて直道をゆかんとす。遥に一村を見かけて行に雨降日暮る。農夫の家に一夜をかりて、明れば又野中を行。そこに野飼の馬あり。草刈おのこになげきよれば①、野夫といへどもさすがに情しらぬには非ず、「いかゞすべきや、されども此野は縦横にわかれて、うゐうゐ敷旅人の道ふみたがえん②、あやしう侍れば③、此馬のとゞまる所にて馬を返し給へ」とかし侍ぬ④。ちいさき者ふたり馬の跡したひてはしる。独は小姫にて名をかさねと云。聞なれぬ名のやさしかりければ⑤、

---

① おのこ，原指年轻男子，且多用于仆人；なげきよれば，"嘆く"与"寄る"构成复合动词，意为上前恳求。
② うゐうゐ敷，形容词"初々し"的连体形，此处表示首次、初次、生疏之意；ふみたがえん，是"ふむ"与"たがふ"的复合动词加上推量助动词"ん"，意为：肯定会迷路吧。
③ あやしう侍れば，形容词"あやし"发生う音便，读作"あやしゅう"（类似おはよう），此处表示担心。后面的"侍れば"相当于口语的"ございます"。
④ かし侍ぬ，为动词"貸す"加"はべり"再加表完了的助动词ぬ。意为"借给我们了"。
⑤ やさしかりければ，为形容词"やさし"（优雅之意）的连用形加过去助动词"けり"的已然形再加"ば"，表确定条件。即感到很雅致。

小丫名重子,
　娇如八瓣瞿麦花![1]（曾良）

少时,至一村庄,遂将佣金系在马鞍上,听任它独自返回。

---

[1] 八瓣瞿麦,原文为"八重抚子","八重"与女孩的名字"重子"相映。"抚子",即瞿麦,两者合为一词,既有表鲜花之义,又有色彩协调的和服套装之义。全句释义为:可爱的女孩常被人喻为瞿麦,小姑娘取名"重子",象征美丽的八瓣瞿麦花。

かさねとは八重撫子の名成べし　　曾良

頓て人里に至れば、あたひを鞍つぼに結付て馬を返しぬ。

第七段 /

# 黑 羽

今日来到黑羽领主代理[1]桃雪宅上。主人为我们意外的来访喜出望外，彻夜开怀畅谈。其弟翠桃[2]也每日殷勤来访，陪伴到自家，所到之处皆有亲朋好友热情款待。一日，漫步郊外，观骑马射犬遗迹[3]。又穿越那须篠原[4]，凭吊玉藻夫人遗冢[5]，并由此前去参拜八幡宫[6]。传说当年武

---

[1] 黑羽，现枥木县那须郡黑羽町。德川幕府诸藩藩主须轮流驻江户一年，即执勤。执勤期间藩内政事一般由家臣代管，称为"馆代"。原文"馆代净坊寺某某"指时任黑羽藩代理的净坊寺图书高胜，俳号为"秋鸦"，别号"桃雪"。
[2] 翠桃，曾在江户拜于芭蕉门下，并从芭蕉过去的俳号"桃青"中借一"桃"字而得名，也是芭蕉的崇拜者。
[3] 骑马射犬，日本镰仓时期较为盛行的一种打猎方式。相传一只来自大陆的金丝九尾狐化作美女，得鸟羽天皇（1107—1123在位）的宠爱，封为玉藻夫人。后被阴阳师安倍泰成识破，逃到那须原野。天皇指派三浦介等人捕杀，先在此处练习射犬后，终于射杀了狐狸。
[4] 地名，古歌中常被吟诵的名胜之地，位于黑羽附近。
[5] 据说狐狸被射杀后，人们在不远处发现一座隆起的土包，称之为狐冢，即玉藻夫人遗冢。
[6] 祭祀八幡神的神社。指位于太田市南金丸的那须神社。

# 7. 黒羽

　黒羽の舘代淨坊寺何がしの方に音信る。思ひがけぬあるじの悦び、日夜語つけて、其弟桃翠など云が朝夕勤とぶらひ<sup>①</sup>、自の家にも伴ひて、親属の方にもまねかれ日をふるまゝに<sup>②</sup>、ひとひ郊外に逍遥して犬追物の跡を一見し、那須の篠原をわけて玉藻の前の古墳をとふ<sup>③</sup>。それより八幡宮に詣。

---

① 勤とぶらひ，复合动词，前项（勤）为后项（訪ふ）的修饰语，即频频来访之意。
② 日をふるまゝに，ふる，岁月流逝；まゝに，任由，听凭。
③ とふ，动词，访问、查访之意。

将那须氏与市宗高<sup>[1]</sup>在此箭射扇形靶,祈愿神祖八幡保佑。今日亲临此地,顿感神力无比。日暮,返回翠桃处。

应修验光明寺主持邀请,拜谒该寺先祖"行者堂"<sup>[2]</sup>。

初夏绿满山,
拜行者高齿木屐,
愿旅途健步。<sup>[3]</sup>

---

[1] 与市宗高,那须郡豪族后裔,镰仓武士,擅长弓术。1185年屋岛会战,因射中平家军营扇形靶扬名。传说当年射靶时,海面起风,船上的扇形靶晃动不止,与市祈愿祖神保佑,于是顷刻间风平浪静,遂一箭击落靶子。
[2] 修验光明寺"行者堂"供奉修行者穿的高齿木屐,旅行者参拜时,祈祷旅途健步如飞。
[3] 全句释义为:远望连绵不断的奥州山脉,拜仰行者高齿木屐,但愿自己也有行者般的健足,阔步向前。

与市扇の的を射し時、別しては我國氏神正八まんとちかひしも①、此神社にて侍と聞ば、感應殊しきりに覚えらる②。暮れば桃翠宅に歸る。

　修驗光明寺と云有。そこにまねかれて行者堂を拜す。

　　　夏山に足駄を拜む首途哉③

---

① 別しては，特別之意。しも，副助词，接在表示意愿、祈念的动词后，强调语义。
② 覚えらる，らる，接动词的未然形表示被动、可能、尊敬和自发，此处为自发，意为"不由得""不觉得"。
③ 夏山，句中季语。首途，汉字亦可写作"門出"，即出门、出发之意。哉，读作"かな"，终助词，表示感叹。

第八段 /

# 云岩寺

下野国云岩寺深处[1]尚存佛顶和尚[2]修行旧居，又曾闻大师用松木炭在岩石上写有和歌：

纵横不足五尺庵，
僧心无边似海宽。
若无降雨天，
何须结草庵。

欲观旧居，拄杖漫步前往云岩寺，众人相邀同行，一路年轻人谈笑风生，不觉已抵山麓。望高山深邃，曲径蜿蜒，松杉碧透，青苔滴翠。虽四月天气，尚感料峭风寒。

---

[1] 下野国，指现在的栃木县一带。云岩寺，位于黑羽町的东部，曾被丰臣秀吉烧毁过，现在的寺堂是江户时期的建筑。
[2] 佛顶和尚，芭蕉参禅之师。正德五年（1715）圆寂于云岩寺。

## 8. 雲岩寺

當國雲岩寺のおくに佛頂和尚山居跡あり。

「竪横の五尺にたらぬ草の庵
　　むすぶもくやし雨なかりせば①

と松の炭して岩に書付侍り」と、いつぞや聞え給ふ。其跡みんと雲岸寺に杖を曳ば、人々すゝんで共にいざなひ、若き人おほく道のほど打さはぎて②、おぼえず彼梺に到る。山はおくあるけしきにて、谷道遥に松杉黒く苔したゞりて、卯月の天今猶寒し。

---

① 此为和歌，按"五七五七七"的韵律共三十一个音节，俳句则取前半的"五七五"形式。なかりせば，为"なし"的连用形加"せば"（过去助动词"き"的未然形加接续助词"ば"），表示与现实相反的事态。意为：若不下雨的话，根本连栖身用的不足五尺的草庵也不用结。

② 道のほど，意为途中。ほど，表场所；打，接动词前以加强语义（同《佛五左衞門》段中"草の枕も打解て"）；さはぎ，动词"騒ぐ"的连用形，此处意为谈笑风生。

云岩寺十景[1]尽头,有小桥,漫渡跨进山门。

大师的旧居当在何处?登上寺院的后山,果见石头上一小庵搭架在岩洞边,仿佛宋人妙禅法师的"死关"[2],又似法云大师的石屋[3]。

> 青松苍苔翠欲滴,
> 寒暑几度草庵全;
> 啄木鸟,
> 怎奈何![4]

即兴吟俳句一首留在柱上。

---

[1] 云岩寺十景:海岸阁、竹林塔、十梅林、龙云洞、玉几峰、钵盂峰、水分石、千丈岩、飞云寺、玲珑岩。
[2] 妙禅,南宋高僧,于杭州天目山张公洞闭关修行十五年。后人称张公洞为"死关"。
[3] 法云,中国南朝齐梁之际高僧。建法云寺,并在孤山岩上搭一草庵,终日高谈阔论。原文"石屋"即草庵。
[4] 全句释义为:郁郁葱葱的树林里,佛顶和尚的草庵依然如故,连啄毁寺庙木柱的啄木鸟也奈何它不得。以此表现作者对佛顶和尚的超俗生活之仰慕,以及向往"四方漂游"的心情。

十景盡る所、橋をわたつて山門に入る。

　さて、かの跡はいづくのほどにやと、後の山によぢのぼれば、石上の小庵岩窟にむすびかけたり。妙禪師の死關、法雲法師の石室をみるがごとし。

木啄も庵はやぶらず夏木立①

と、とりあへぬ一句を柱に殘侍し。

---

① 夏木立，夏季茂密的树林，句中季语，象征禅徒与自然融为一体。

第九段 /

# 杀生石·游行柳

离开黑羽山,前往杀生石[1],桃雪遣送一马跟随。回返时,马夫相求:"请赐小人俳句一首!"一乡间马夫,有此雅趣,令人赞叹,遂草成一句奉送。

原野行,
驻马掉头听,
杜鹃啼。[2]

杀生石在山背后,有温泉涌出。四周依然散发着毒气[3],蜂蝶残骸覆盖地面,竟不见沙砾之色。果不虚传。

---

[1] 栃木县那须温泉附近的一块熔岩。相传是化成美女的狐狸被射杀后变成了石头,凡触摸此石的人或禽兽都会遭难。
[2] 全句释义为:骑马行走在广阔的那须原野上,忽闻杜鹃的啼声,马夫!快停下来掉转马头,容我再闻听片刻。
[3] 这里实际上是硫化氢等有毒气体从地下喷出,四处弥漫,导致生物死亡。

## 9. 殺生石・遊行柳

　是より殺生石に行。舘代より馬にて送らる[①]。此口付のおのこ、「短册得させよ」[②]と乞。やさしき事[③]を望侍るものかなと、

　　　　野を横に馬牽むけよほとゝぎす[④]

　殺生石は温泉の出る山陰にあり。石の毒氣いまだほろびず、蜂・蝶のたぐひ眞砂の色の見えぬほどかさなり死す。

---

① らる，表被动。
② 短册，多指诗笺，此处指俳句。させよ，是使役助动词"さす"的命令形加"よ"，表请求。
③ 风流、雅致。见23页注⑤。
④ ほととぎす，杜鹃，句中季语，指夏季。自古常出现在和歌中。

再往芦野村田畔去,柳枝轻拂,昔日西行法师曾吟:"溪水清清过柳荫。"[1]此地郡守民部资俊[2]也多次提到这里有西行唱诵的名柳,望我前来观赏。今日终于来到这株柳树下,伫立无言。

驻足柳荫下,
少女已插一片秧,
依依不忍别。[3]

---

[1] 西行(1118—1190),日本僧人,出身武士,二十三岁出家,周游各地,留下许多脍炙人口的和歌。这里所吟诵的柳树,因谣曲《游行柳》广为人知。
[2] 郡守,相当于领主,民部资俊在江户拥有宅地,喜爱俳谐,与芭蕉有交往。
[3] 全句释义为:来到向往已久的柳树下,不由得激发起对古人的怀念,不知不觉少女已插完一片秧田,要离开了。

又、清水ながるゝ柳①は蘆野の里にありて田の畔に殘る。此所の郡守戸部某の、此柳みせばや②など折々にの給ひ聞え給ふを③、いづくのほどにやと思ひしを、今日此柳のかげにこそ立より侍つれ④。

　　田一枚植て立去る柳かな⑤

---

① 此处指平安时代末期的歌人西行（1118—1190）咏的一首和歌：道のべに清水流るゝ柳蔭しばしとてこそ立ちとまりつれ，收入《新古今和歌集》（1205）卷三"夏"。意为：路边清水流，柳荫下，稍憩成久留。
② みせばや，为二段动词"みす"的未然形加表示愿望的终助词"ばや"。
③ の給ひ聞え給ふを，のたまふ，汉字亦可写作"宣ふ"，"言う"的敬语形态；きこえ，是动词"きこゆ"的连用形，也可视为"言う"的敬语（参见《雲岩寺》段"いつぞや聞え給ふ"）。
④ 此句转用上述西行和歌中的"立ちとまりつれ"。つれ，为完了助动词"つ"的已然形，与前面"こそ"相呼应。
⑤ 植えて立ち去る，前一动作为少女，后一动作为作者。这首俳句表达了作者对古人的憧憬，以及在同一株柳下不舍离去的心情。

第十段 /

# 白河关

面对白河关,一路的企盼不安顿感宽释。奥州雄关有三,此关被称为三关之首。自古骚人墨客无不为之心折神驰!当年平兼盛[1]过此关时,渴望向亲人倾诉之情,今日足以心领神会。古人歌中吟诵的秋风、红叶之景与眼前这一片青翠迥然相异,路旁水晶花开,满地一片白,又有野蔷薇相映衬,如同穿行于皑皑雪原中。冰清玉洁,超尘出世,妙趣盎然。

诗人清辅[2]记载:古人过此关必更衣整装以示神圣庄重。故曾良吟道:

---

[1] 平兼盛,平安时代和歌诗人,三十六歌仙之一。
[2] 清辅,姓藤原,平安时代和歌诗人。在其《袋草子》书中记有此事。

# 10. 白川の關

　心許なき日かず重るまゝに、白川の關にかゝりて旅心定りぬ。いかで都へと便求しも断也①。中にも此關は三關②の一にして、風騒の人心をとゞむ。秋風を耳に残し③、紅葉を俤にして④、青葉の梢猶あはれ⑤也。卯の花の白妙に、茨の花の咲そひて、雪にもこゆる心地ぞする。古人冠を正し衣装を改し事など、清輔の筆にもとゞめ置れしとぞ⑥。

---

① いかで都へ、出自古人平兼盛（平安时代中期的歌人，三十六歌仙之一）的和歌：たよりあらばいかで都へ告げやらむ今日白河の関はこえぬと，收入《拾遺和歌集》（1005—1007），意为：如何告家人，捎信到京城，今日已过白河关。しも，副助词，参见 29 页注①。此句意为自古以来总想托人带个口信告知家人已到白河关，于情于理都说得过去。

② 三關，奥州三关之一，其余两关为"念珠"（位于山形县，出羽与越后之境）和"勿来"（位于福岛县磐城）。

③ 秋風，出自能因法师（平安时代中期的歌人，三十六歌仙之一）的和歌："都をば霞みと共に立ちしかど秋風ぞ吹く白河の関"，收入《后拾遺和歌集》（1086）。

④ 紅葉，出自平安时代末期武将源赖政（1104—1180）的和歌："都にはまだ青葉にて見しかども紅葉散りしく白河の関"，收入《千载和歌集》（1187）。

⑤ あはれ，日本古典文学中具有代表性的美感，无论喜悦、欢快、悲哀，它都是由内心涌出的感动，即幽静、深切之情趣，广泛用于对自然和社会生活的描写。

⑥ とぞ，用在句末表示强调所引的内容。

贫僧无盛装,

折来水晶花,

饰发整冠越白河。[1]

---

[1] 全句释义为:古人过关要整冠更装,而我们没有可换的衣帽,摘朵花插在头上,权作过关的盛装吧。

卯の花をかざしに關の晴着かな　　曾良

第十一段 /

# 须贺川

步履蹒跚越过白河关,又渡阿武隈河[1]。左手盘梯山高耸入云[2],右手岩城、相马、三春[3]盘踞。回首望,山峦起伏重重叠叠,这天然屏障隔开常陆与下野[4]。过影沼[5],逢阴天,影沼无影,水波不兴。

访须贺川驿站站长等穷[6],盘桓四五日。初见面时主人即问:"过白河关可曾咏诗否?"答曰:"长途跋涉,身心

---

[1] 阿武隈河,和歌中常常吟诵的景点之一,其河流经白河关北,穿过须贺川,在仙台南部注入太平洋。
[2] 盘梯山,位于福岛县北部的火山,海拔1819米。原文称之为"会津岭"。
[3] 岩城、相马、三春,三者均属福岛县,现在分别为万城郡、相马郡和田村郡。
[4] 常陆,今茨城县。下野,今栃木县。
[5] 影沼,位于福岛县岩濑郡镜石村附近。据传和田胤长因受其父连坐被流放到此地。妻子赶来探望时,得知和田被诛杀,便抱镜投身于此湖,故湖面映物如镜。另有记载曰:阴天不映物影。
[6] 等穷,当时著名的俳谐诗人,俳坛上的资格比芭蕉还老,其时五十二岁。

## 11. 須賀川

 とかくして越行まゝに、あぶくま川を渡る。左に会津根高く、右に岩城・相馬・三春の庄、常陸・下野の地をさかひて山つらなる。かげ沼と云所を行に、今日は空曇て物影うつらず。
 すか川の驛に等窮といふものを尋て、四五日とゞめらる。先、「白河の關いかにこえつるや」① と問。

---

① つる，为完了助动词"つ"的连体形；や，表疑问，与"いかに"相呼应，意为：您过关时有何感想（或有何诗作）？

疲惫，且沉湎于名山胜水，而感时怀古，思绪万千，终未静心熟思构成佳句。"然，枉渡白河关岂不有憾，故先作一首：

　　插秧谣，

　　耳边飘，

　　奥州风情娇。[1]

以此为首句，等穷、曾良乘兴又续了两三句，轮番接下去，合成三卷[2]。

　　旅店旁大栗树下，有一僧人隐居，如此景象不正是西行法师歌中所描绘："拾橡栗者于深山，静谧恬适心无烦。"触此有感，遂记："栗"乃"西""木"二字合成，与西方净土有缘，而行基菩萨终生所持之杖[3]及庙柱皆用此木。

―――――――

〔1〕全句释义为：过了白河关才开始真正的奥州之行，插秧的歌声，令人初领奥州风情。
〔2〕连歌，最初是取百韵形式，后设三十六句的形式，即取三十六歌仙之数，成为一种定式。这种较短的形式有助于保持紧凑的气氛，句与句的联系前后呼应，不即不离。这里说合成三卷，现只存一卷。
〔3〕行基菩萨，奈良时代高僧，对建造东大寺有很大贡献。

「長途のくるしみ、身心つかれ、且は風景に魂うばゝれ、懐旧に腸を断て、はかばかしう思ひめぐらさず①。

　　風流の初やおくの田植うた

無下にこえんもさすがに②」と語れば、脇・第三とつゞけて③、三卷となしぬ。

　此宿の傍に、大きなる栗の木陰をたのみて、世をいとふ僧有。橡ひろふ太山もかくや④と閑に覺られて、ものに書付侍る。其詞、

　　栗といふ文字は西の木と書て、西方淨土に便あり⑤と、

―――――――

① はかばかしう，形容词的う音便，意为进展顺利。常与否定相呼应，此处意为没能写出诗句来。

② 無下にこえんもさすがに，むげに，副词，全然；这里表示连一句也不吟岂不枉渡白河关。

③ 连歌首句为发句，这里指芭蕉的"風流の初やおくの田植うた"；脇，为第二句，这里指等穷所作"覆盆子を折りて我がまうけ草"；第三，为第三句，这里为曾良所作"水せきて昼寝の石やなほすらん"；然后再由曾良作发句，芭蕉第二句，等穷作第三句；接着再由等穷起头轮下去。

④ 这里是承西行的和歌"山深み岩にしたゞる水尋めむかつがつ落つる橡拾ふほど"（收入《山家集》）而有所感。

⑤ 便り，这里指因缘，即与西方净土有缘。

避开红尘人不顾,

草庵檐前栗花树。[1]

---

[1] 全句释义为:世人不甚赞美的栗花,只有脱俗隐居之人才能懂得其真正的价值。

行基菩薩の一生杖にも柱にも此木を用給ふとかや、

　世の人の見付ぬ花や軒の栗

## 第十二段 /

# 浅香山

离开等穷住所,约行四十里路[1]抵达桧皮旅店[2]。附近有歌枕浅香山[3],距大道不远。四周池沼点点,进入五月即将割菰[4],问乡人:"何草为菰?"竟无人知晓。沿着沼泽,一路逢人探询,不觉日倾西山。由二本松[5]转道向右,略览黑冢的岩崖鬼屋[6],夜宿福岛。

---

[1] 日本的一里约等于四千米。译文中均改为华里。
[2] 桧皮,福岛县安积郡日和田町。
[3] 浅香山,和歌中多吟诵的景点之一,位于桧皮北面,现安积山公园一带。
[4] 菰,草名。端午节前后有割菰的习惯。
[5] 二本松,由桧皮向北行二十公里处,现二本松市。
[6] 黑冢,和歌中常常吟诵的景点之一,位于二本松市的东部。传说有女鬼住在岩洞里,专吃行人的血肉。

## 12. あさか山

　等窮が宅を出て五里計、桧皮の宿を離れてあさか山有。路より近し。此あたり沼多し。かつみ刈比<sup>①</sup> もやゝ近うなれば、「いづれの草を花かつみとは云ぞ」と、人々に尋侍れども、更知人なし。沼を尋、人にとひ、かつみと尋ありきて<sup>②</sup>、日は山の端にかゝりぬ。二本松より右にきれて、黒塚の岩屋一見し、福嶋に宿る。

---

① 　かつみ，汉字写作"菰"。这里应该是类似菖蒲的植物，端午时节用来装饰门扉以辟邪。
② 　ありきて，即动词"ありく"的连用形，这一形态多用于平安时代以来的和文，近世以后"あるく"渐成优势。

第十三段 /

# 信夫村

翌日，赴信夫村寻找印文摺石[1]。远处山下有一小村落，摺石半埋在土中。村童上前告知："以前摺石是在山上，路人为了试其灵验，随手拔麦苗拂拭，以期映见所思念的人。于是村民便把摺石推到这山谷里，且让石面朝下。"呜呼！天下竟有此等事！徒唤奈何！

少女插秧舞翩跹，
信夫摺石思当年！[2]

---

[1] 信夫村，现福岛市大字山口一带。印文摺石，用于印衣纹的石头。将布贴在石上，用草、树叶搓之，能挤印出各种条纹花样。据说还能照见自己所思念的人。
[2] 全句释义为："信夫摺石已被推翻到山谷中，无法再现。而眼前少女插秧，则令人联想到昔日妇女搓印衣纹的情景。"

## 13. しのぶの里

　あくれば、しのぶもぢ摺の石を尋て忍ぶのさと①に行。遥山陰の小里に、石半土に埋てあり。里の童部の來りて教ける、「昔は此山の上に侍しを、往來の人の麦草をあらして此石を試侍をにくみて、此谷につき落せば、石の面下ざまにふしたり」と云。さもあるべき事にや②。

　　　　早苗とる手もとや昔しのぶ摺

---

① 忍ぶのさと，汉字亦写作"信夫"，为和歌景点之一，因与动词"偲ぶ"（怀念、思念）同音，故常用在和歌里一语双关。
② さもあるべき事にや，さも，与にや呼应，表否定的附和，意为："怎么会这样的呢？"现代日语中有"さもありなん"一词，只有推量，表示"很有可能是这样的吧"。

第十四段 /

# 佐藤庄司故居

过月轮渡[1]，来到濑上宿店[2]。据说佐藤庄司的故居[3]在饭塚里鲭野附近，位于山左侧，要走七八里。一路边走边问，到了丸山。"这一带就是庄司的旧居，山脚下尚有大门遗址。"听人介绍，缅怀旧事，不禁潸然泪下。旧居旁的古寺中有庄司一家墓碑，其中两儿媳的碑文[4]读来尤令人心碎肠断。虽说是女流之辈，尚流芳百世，令人叹惋不已。宛如汉人岘山之堕泪碑[5]即在眼前。进寺院，乞茶

---

[1] 指阿武隈河的渡口，现福岛市郊月轮山麓附近。
[2] 濑上，现福岛市濑上町，是通往饭坂的分岔口。
[3] 佐藤，全名佐藤元治。庄司，官名。藤原秀衡的家臣，文治五年（1189）源赖朝围攻藤原秀衡之子泰衡时，在福岛南面战死。
[4] 两儿媳，指佐藤元治之子继信、忠信的妻子。相传继信、忠信随源义经战死后，两位儿媳身披盔甲，扮作兄弟凯旋归来状，以安抚母亲。
[5] 堕泪碑，据传西晋襄阳太守羊祜死后，人们念其功德在岘山上建一碑，望此碑者莫不流涕，后继任太守杜预将其命名为"堕泪碑"。

## 14. 佐藤庄司の旧跡

　月の輪のわたし①を越て、瀬の上と云宿に出づ。佐藤庄司が旧跡は左の山際一里半計に有。飯塚の里、鯖野と聞て、尋々行に、丸山と云に尋あたる。是庄司が旧舘也。梺に大手の跡など人の教ゆるにまかせて泪を落し、又かたはらの古寺に一家の石碑を残す。中にも二人の嫁がしるし先哀也。女なれどもかひがひしき名の世に聞えつる物かな②と袂をぬらしぬ③。堕涙の石碑も遠きにあらず。

---

① わたし，动词"渡す"的名词形，渡口。
② かひがひしき，形容词的连体形，坚强勇敢之意。这里是讲两位儿媳的英姿流传于世。
③ 袂をぬらしぬ，泪湿衣襟。"袂を分かつ"意为分道扬镳。

小坐,这里藏有武将源义经[1]的长刀及随从弁庆[2]的背箱,均为殿宝。

鲤鱼旌旗舞端阳,
长刀背箱忆英豪。[3]

五月一日记。

---

[1] 义经,姓源,义朝之子,七岁入鞍马寺,后寄身于奥州的藤原秀衡。1180年响应其兄源赖朝的召唤,起兵讨伐源义仲,并破平家一族。后与源赖朝不和,流浪诸国,再次投靠藤原秀衡。秀衡死后,遭其子泰衡的突袭,于衣川馆内自刎。义经被视为英雄,深受民众敬仰。有谣曲《义经记》歌颂其功绩。
[2] 弁庆,源义经侍从,勇猛无敌,随义经战死。其形象在《平家物语》及谣曲、歌舞伎中多有描述,义经弁庆主仆皆是民众所喜爱的英雄人物。
[3] 全句释义为:五月的微风中,鲤鱼旗高悬,这寺院陈列的珍宝——义经的长刀、弁庆的背箱使昔日勇士们的故事流传至今。

寺に入て茶を乞へば、爰に義經の太刀・弁慶が笈をとゞめて什物<sup>①</sup>とす。

　　　笈も太刀も五月にかざれ帋幟<sup>②</sup>

五月朔日<sup>③</sup>の事也。

----

① 什物，器具，宝物。
② 因临近端午节要装饰鲤鱼旗，这里用武将的遗物加上纸旗，算是为男孩祝贺。
③ さつき，五月，也写成"皐月"。

第十五段 /

# 饭 塚

　　是夜宿饭塚[1]，此处有温泉，浴后投宿一民家。民家贫穷，夜晚就地铺席，且无灯火，仅凭地炉的微光铺下寝具躺下。入夜，雷声隆隆，暴雨倾盆，屋顶漏雨如注，又兼跳蚤蚊虫叮咬，难以入眠。更有甚者旧病复发，几度晕厥。夏夜虽短，却也难熬到天明。待东方拂晓，便启程上路。昨夜几经折腾，今仍郁积在胸，雇马骑到桑折驿站[2]。望漫漫行程，叹多病之躯。然羁旅边塞之行，舍身无常之念，纵令死于路旁，此乃天命也。念及此，强抖精神，鼓足气力，纵横[3]跨步向前，越过伊达之关[4]。

---

[1] 与前段所出的饭塚不是一处。投宿地当是饭坂。
[2] 桑折，现福岛县伊达郡桑折町，位于饭坂东北七八公里处。
[3] 纵横，既指道路纵横交错，又比喻威风抖擞、勇猛向前迈进的步伐。
[4] 伊达之关，地名，伊达大木户，现福岛县伊达郡大木户村，是进入伊达领地的关口。"伊达"亦表示武士勇猛的姿态。此处为双关语。

## 15. 飯塚

　其(その)夜飯塚にとまる。温泉あれば湯に入て宿(いでゆいりやど)をかるに、土坐(どざ)に莚(むしろ)を敷(しき)て、あやしき① 貧家也(ひんかなり)。灯(ともしび)もなければ、ゐろりの火かげに寢所(ねどころ)をまうけて臥(ふ)す。夜に入て、雷鳴(かみなり)、雨しきりに降(ふり)て、臥(ふせ)る上(うへ)よりもり②、蚤(のみ)・蚊(か)にせゝられて眠らず。持病さへおこりて、消入計(きえいるばかり)になん③。短夜(みじかよ)の空もやうやう明(あく)れば、又旅立(たびだち)ぬ。猶夜(よ)の余波(なごり)、心すゝまず、馬かりて桑折の驛(いづ)に出る。遥(はるか)なる行末(ゆくすゑ)をかゝえて、斯(か)る病(やまひ)覚束(おぼつか)なしといへど、羇旅邊土(きりよへんど)の行脚(あんぎや)、捨身無常(しやしんむじやう)の觀念(くわんねん)、道路にし(死)なん④、是(これ)天の命(めい)なりと、氣力 聊(いさゝか)とり直し、路縱橫(みちじゅうわう)に踏(ふん)で伊達(だて)の大木戸(おほきど)をこす。

---

① あやしき，形容詞 "あやし" 的连体形，意为卑下、简陋。
② もり，动词もる的连用形，漏雨。
③ 消え入る，晕过去。なん，即表示强调的提示助词 "なむ"，其后省略了动词。此处意为几近昏厥。
④ 道路にしなん，しなん，是 "死ぬ" 的未然形加表示意志的助词 "ん（む）"。与前注 "なん" 不同。参见《论语·子罕篇》: "且予纵不得大葬，予死于道路乎。"

第十六段 /

# 笠 岛

穿过镫摺、白石城进入笠岛郡[1]。一路询问中将藤原实方[2]之墓,说是由此向前,远处右边山脚下有两个山村,一是蓑轮[3],一是笠岛。道祖神神社与当年西行吟诵的芒草[4]现都尚存。

时值五月,梅雨潇潇,道路泥泞,浑身疲惫不堪,已无力继续向前,只有望雨兴叹。看来蓑轮、笠岛之称与这梅雨不无相关。

---

[1] 镫摺,位于白河市内的一段险路,因其路狭窄,当年骑马通过时几近贴擦马镫,故得名。白石,现白石市。笠岛,现宫城县名取市爱岛一带。
[2] 中将,官名。相当于四等官制的次官。藤原实方,平安时代和歌诗人,因在殿堂与藤原行成争执,掷冠于地,受到天皇斥责,被贬,流放奥州。据说,因在笠岛的道祖神前未下马,受神的惩罚,落马而死。其墓位于笠岛道祖神附近。谣曲《实方》描述其事。
[3] 蓑轮,现属名取市,位于笠岛北面四公里处。
[4] 镰仓时代编纂的《新古今和歌集》卷八"哀伤"里收有西行法师在藤原实方墓前咏诵的和歌:"千古芳名不朽,枯野芒草摇曳。"

## 16. 笠嶋

　鐙摺・白石の城を過、笠嶋の郡に入れば、藤中將実方の塚はいづくのほどならんと、人にとへば、「是より遥右に見ゆる山際の里を、みのわ・笠嶋と云、道祖神の社、かた見の薄、今にあり」と教ゆ。此比の五月雨に道いとあしく、身つかれ侍れば、よそながら①眺やりて過るに、簔輪・笠嶋も五月雨の折にふれたりと、

---

① よそながら，副词，从远处 ( 旁处 )。

梅雨淫，

路泥泞，

笠岛遥遥难以寻！[1]

是夜宿岩沼[2]。

---

[1] 意为：五月梅雨天，道路泥泞，难以继续向前。只好雨中眺望笠岛方向，遥寄对藤原实方、西行法师的思念。
[2] 现宫城县名取郡岩沼町。

### 笠嶋はいづこさ月のぬかり道

岩沼に宿る。

第十七段 /

# 武隈松

　　武隈松由地面分出两株，如能因法师所诵，依然巍然挺拔。据传陆奥守藤原孝义[1]为名取河做桥桩，曾砍伐此松。故能因法师另有一首和歌曰："劲松此度寻无迹。"[2]武隈二木松或伐或植，代代生生不息，虽经千年，依旧雄姿英发，气势非凡，令人心旷神怡。

　　门人举白[3]于此次出游饯别时，曾赠我俳句：

　　　　晚樱时节奥州行，
　　　　师翁尽赏武隈松。[4]

---

[1] 陆奥守，官名，相当于地方行政长官。藤原孝义，平安时代人，《袖中抄》记有他伐松一事。
[2] 能因法师，平安时代和歌诗人，曾走访各地名胜，留下许多诗文，有六十七首被收入《敕撰和歌集》。
[3] 举白，姓草壁。芭蕉门下的俳谐诗人，留有《马蹄二百韵》《四季千句》等诗作。
[4] 此句释义为：师翁到了奥州恐怕已是晚樱花开之时，当去观赏著名的武隈松。

## 17. 武隈の松

　武隈の松にこそめ覚る心地はすれ[①]。根は土際より二木にわかれて、昔の姿うしなはずとしらる。先能因法師思ひ出。往昔むつのかみにて下りし人、此木を伐て名取川の橋杭にせられたる事などあればにや[②]、「松は此たび跡もなし」[③]とは詠たり。代々あるは伐、あるひは植継などせしと聞に、今将千歳のかたちとのほひて、めでたき松のけしきになん侍し[④]。

　「武隈の松みせ申せ遅桜」と挙白と云ものゝ餞別したりければ[⑤]、

---

① 武隈の松，歌迹，因树干分叉，又称二木松，因古人的和歌而出名。こそ，与后面的"すれ"（已然形）相呼应，起增强语气的作用。
② あればにや，あれば，为"あり"的已然形加"ば"，表确定条件。にや，表推量。
③ 出自能因法师所咏：武隈の松はこのたび跡もなし千歳を経てや我は来つらむ，收入《后拾遺和歌集》（1086）。
④ なん侍し，此处同 57 页注③，"なん"后面要求连体形，故以过去助动词"き"的连体形"し"结句。
⑤ たりければ，完了助动词"たり"加过去助动词"けり"的已然形再加"ば"，两者常用在一起，上接连用形，表示基于现在而回想过去。

今日和之：

　　别来三月樱花谢，
　　武隈二木千古新。[1]

―――――――

[1] 此句释义为：从江户出发已经三个月了，虽说晚樱早已开过，但终于亲眼看到了向往已久的千古劲松。

桜より松は二木を三月越シ

第十八段 /

# 宫城野

渡名取河抵达仙台,正值端阳时节,家家菖蒲插门户[1]。投宿后逗留四五日。此地有一画师,名加右卫门[2],慕其风雅,结为知己。一日伴我出游,说道:"常年考查此地诸多名胜古迹,今日能做导游,甚为荣幸。"

宫城野[3]一带荻草丛生,可以想象秋季到来荻花盛开的美景。游览玉田、横野[4],来到踯躅岗[5],满山遍野正值马醉木花盛开之时。

走进一片阴暗的森林,加右卫门告知:此处人称"木之下",因树下多有露水,故诗云:"露水胜雨水,过松林

---

[1] 通常是在农历五月初五的端午将菖蒲插于门上,据说能预防火灾。
[2] 加右卫门,姓北野,画匠,以版木雕刻为业,俳号加之、竹村、四鹤。
[3] 宫城野,距仙台东部两公里处的著名景点。
[4] 玉田、横野,均为和歌中所吟诵的景点。
[5] 踯躅岗,位于宫城野西部的高坡。亦为景点之一。

## 18. 宮城野

　名取川を渡て仙臺に入。あやめふく日也。旅宿をもとめて四五日逗留す。爰に畫工加右衞門と云ものあり。聊　心ある者①と聞て知る人になる。この者、「年比さだかならぬ名どころを考置侍れば」とて、一日案内す。宮城野の萩茂りあひて、秋の氣色思ひやらるゝ②。玉田・よこ野、つゝじが岡はあせび咲ころ也。日影ももらぬ松の林に入て、爰を木の下と云とぞ。昔もかく露ふかければこそ、「みさぶらひみかさ」③とはよみたれ。

---

① 心ある者，指通情达理、善解风雅之人。
② 思ひやらるる，以表自发的助动词 "らる" 的连体形结句，有意犹未尽之感。
③ 指《古今和歌集》当作 "陆奥歌" 收入的 "みさぶらひ御笠と申せ宮城野の木の下露は雨にもまされり"。

戴斗笠,侍者殷勤多关照。"[1]参拜药师堂和天满宫后[2],夜幕已降。

离开宫城野时,加右卫门以亲手绘制的松岛、盐釜[3]地图相赠,另有两双草履,手染的藏青色鞋绪。其风雅情趣可谓淋漓尽致。

草履鞋绪插菖蒲,
健步登旅途。[4]

---

[1]《古今和歌集》的东歌中收有此歌,意思是催促侍者给主人戴上斗笠。见67页注③。
[2] 药师堂,设在陆奥国分寺,庆长十二年(1607)仙台第一代藩主伊达政宗重建。天满宫,现榴冈天满宫,主祭神为菅原道真(天满大自在天神)。原文作"天神御社",宽文七年(1667)为第三代藩主伊达纲宗重建。
[3] 松岛、盐釜,日本名胜地,芭蕉一行将要走访之地。参见后文涉及两地的段落。
[4] 此句释义为:端午时节家家户户插上菖蒲,我穿上加右卫门送来的草履,再插上一束菖蒲,踏上新的旅途。

藥師堂・天神の御社など拝て、其日はくれぬ。猶、松嶋・塩がまの所々畫に書て送る。且、紺の染緒つけたる草鞋二足餞す。さればこそ風流のしれもの[①]、爰に至りて其実を顯す。

　　　あやめ艸足に結ん草鞋の緒

―――――

① しれもの，痴人，热衷者，通达之人。しれ，为"痴れ"。

第十九段 /

壶 碑

依照加右卫门手绘的地图前行，上了奥州小路[1]，远远望去，山坡上一片片十符发草[2]。据说，至今这里每年都要收集十符发草奉献给藩主。

壶碑位于市川村多贺城[3]，碑高六尺余，宽三尺许，透过青苔，碑文隐约可辨，上面刻着由此往各藩国国境的里程。其文曰："此城为神龟元年按察使兼镇守府将军大野朝臣东人[4]所置。天平宝字六年参议兼东海、东山两节度使、

---

[1] 仙台岩切村今市至多贺城之间的道路，因人迹稀少，亦称"奥之细道"。
[2] 十符，歌枕。发草，也称蓑衣草，适用编制各种生活用品。
[3] 市川村多贺城，现为多贺城町市川。
[4] 神龟元年，公元724年，属圣武天皇统治时期。大野朝臣东人，奈良时期武将，平夷有功。

## 19. 壺碑

　かの畫圖にまかせてたどり行ば、おくの細道の山際に十苻の菅有。今も年々十苻の菅菰を調て國守に献ずと云り。

　　壷　碑　　市川村多賀城に有

　つぼの石ぶみは、高サ六尺餘、横三尺計歟。苔を穿て文字幽也。四維国界之数里①をしるす。「此城、神亀元年、按察使鎭守苻（府）将軍大野朝臣東人之所置也。天平宝字六年、参議東海東山節度使、同将軍惠美朝臣

---

① 四維，指乾(东)、坤(西)、巽(南)、艮(北)。数里，当是"里数"的误写。

镇守府将军惠美朝臣朝獦[1]修造。十二月一日。"

神龟是圣武天皇[2]年号,这一带自古以来有许多世代相传的名胜古迹。如今山崩谷陷、河流改道,古迹被巨石埋没,老树枯荣,时移世易,已非畴昔。至此,唯有这壶碑成了千古确证。幸喜今日躬临胜地,能亲领古人之心境,一路长途跋涉之辛苦也早已忘却!抚今思昔,禁不住老泪纵横。

---

[1] 天平宝字六年,公元762年,属淳仁天皇统治时期。参议,官名。东海、东山,分别指东海道、东山道。节度使,掌管地方兵政的官职。惠美朝臣,天平(729—749)初期的按察使,天平八年因其父谋反,与其父一起被处死。
[2] 圣武天皇,第四十五代天皇,公元724年即位,在位二十五年。

獵修造而①十二月朔日」と有。聖武皇帝の御時に當れり。むかしよりよみ置る歌枕、おほく語傳ふといへども、山崩川流て道あらたまり、石は埋て土にかくれ、木は老て若木にかはれば、時移り代変じて、其跡たしかならぬ事のみを、爰に至りて疑なき千歳の記念、今眼前に古人の心を閲す②。行脚の一徳③、存命の悦び、羈旅の勞をわすれて、泪も落るばかり也。

---

① 此处"而"为"也"的误写。
② 心を閲す,领略,感受到。
③ 一徳,或为"一得",一个收获。

第二十段 /

# 末松山

出多贺城,走访野田玉川与冲石[1],来到末松山[2]。山上有一寺院,称末松山宝国寺。松林深处为一片墓地。遥想当初,那些山盟海誓、比翼双飞、连理并枝[3],如今不过黄土一抔而已,不禁悲感万千。

傍晚来到盐釜海岸[4],晚钟杳杳,清幽沉寂,五月梅雨,晴空偶见朦胧一抹晚霞。淡淡的月光下离岛[5]依稀隐约可见,海上渔家小船纷纷入港,叫卖声此起彼落,喧闹熙攘。不觉中沉浸在"纤走船随,甚有情致"[6]的古人和歌所吟的境界中,愈发触景生情。

[1] 野田的玉川与冲石,两处均为和歌吟诵的景点。前者以能因法师、后者以二条院赞岐的和歌而著名。
[2] 和歌吟诵的景点之一,多以恋爱和忧伤无常为主题。
[3] 此语出自白居易《长恨歌》:"在天愿作比翼鸟,在地愿为连理枝。"
[4] 和歌吟诵的景点之一,多与恋爱及忧伤相关联。
[5] 离岛,和歌吟诵的景点之一,盐釜海岸的小岛。
[6] 指《古今和歌集·冬歌》中和歌:"陆奥处处好风景,盐釜浦上,船随纤走,甚有情致。"

## 20. 末の松山

　それより野田の玉川・沖の石を尋ぬ。末の松山は寺を造て末松山といふ。松のあひあひ皆墓はらにて、はねをかはし枝をつらぬる契の末も、終はかくのごときと悲しさも増りて、塩がまの浦に入相①のかねを聞。五月雨の空聊はれて、夕月夜幽に、籬が嶋もほど近し。蜑②の小舟こぎつれて、肴わかつ聲々に、「つなでかなしも」③とよみけん④心もしられて、いとゞ⑤哀也。

---

① 入相，此处为双关语，一是"塩がまの浦に入"，即来到盐釜海岸；二是"入相"，即日暮、黄昏之意。
② 蜑，渔夫、渔民，或指在近海潜水打捞海鲜的妇女、海女。
③ 此歌收在《古今和歌集》卷二十的"冬歌"里：みちのくはいづくはあれど塩釜の浦こぐ船のつなでかなしも，咏叹拉纤之情形。
④ よみけん，表过去推量的助动词"けむ（けん）"，前接动词连用形"よみ"；此处以连体形后接名词"心"。表示古人吟诗的意境。
⑤ いとゞ，程度副词，"いと"的强意用法。

是夜，盲人法师弹起琵琶，说唱奥州净琉璃[1]，这既不像武将平氏传奇曲[2]，亦不同赞颂武士的幸若舞[3]。高亢的曲调久久回荡在耳边，充满乡土气息的边塞风情，令人流连难忘。

---

[1] 净琉璃，16世纪在日本兴起的一种盲人说唱曲艺，用三弦或琵琶伴奏，类似评书，后衍生出"木偶戏净琉璃"等各种形式和流派。
[2] 平氏，指《平家物语》中的故事。
[3] 幸若舞，起源于日本中世后期的一种舞曲，表演者以说唱为主，用扇子打拍，并在小鼓、笛子的伴奏下起舞，因内容多取材于战争故事，故深受战国武将的喜爱。

其夜、目盲法師の琵琶をならして、奥上るりと云ものをかたる。平家にもあらず舞にもあらず、ひなびたる調子うち上て、枕ちかうかしましけれど①、さすがに邊土の遺風忘れざるものから、殊勝に覚らる②。

---

① 枕ちかう，枕边，"ちかう"为形容词"ちかし"的う音便；かしまし，形容词，喧扰、聒耳。
② 殊勝，赞叹、欣赏之意。らる，表自发的助动词。

第二十一段 /

# 盐 釜

清晨,参拜盐釜神社[1],此神社为藩主伊达政宗于庆长十二年重建。殿内宫柱林立,彩像灿烂辉煌。石阶层层高达九仞,朝阳映照之下,赤墙生辉,庄严肃穆。在道路的尽头,偏僻的乡间,这岂不是神灵显现?如此淳风美俗又是何等令人崇仰!神社殿前宝灯的铁扉上刻有"文治三年和泉三郎捐献"[2]。虽经五百余年,武士音容犹在眼前,感觉甚是奇异。藤原忠衡义勇忠孝,盛名传至今日,世人无不敬慕。正如古人所言"君子勤道守义,名亦随之"[3]。

---

[1] 一名盐釜六所大明神,位于盐釜市西北的丘陵上,为奥州最大神社。重建于长庆十二年(1607)。
[2] 文治三年,公元1187年。和泉三郎,藤原秀衡之三子,即忠衡。尊父命跟随源义经,文治五年为其兄泰衡所杀,年二十二岁。
[3] 语出韩愈《进学解》:"动而得谤,名亦随之。"

## 21. 塩釜

　早朝塩がまの明神に詣。國守再興せられて①、宮柱ふとしく彩椽きらびやかに、石の階九仞②に重り、朝日あけの玉がき③をかゝやかす。かゝる道の果（はて）塵土の境まで、神霊あらたにましますこそ、吾國の風俗なれといと貴けれ。神前に古き宝燈有。かねの戸びらの面に「文治三年和泉三郎奇（寄）進」と有。五百年來の俤、今目の前にうかびて、そゞろに珍し④。渠は勇義忠孝の士也。佳命今に至りて、したはずといふ事なし⑤。誠「人能道を勤、義を守べし。名もまた是にしたがふ」と云り。

---

① 此处"られ"为表敬语的助动词"らる"的连用形。
② 九仞，此处用以形容石阶极高。
③ あけの玉がき，"あけ"即红色，神社周围的垣墙。
④ そゞろに，作副词表示"不由、不禁"。比如，日本人把"停车坐爱枫林晚"中的"坐"字译作"そゞろに"。
⑤ したはずといふ事なし，"慕はず"与"事なし"构成双重否定，表示强烈的肯定：不能不敬慕。

第二十二段 /

# 松 岛

时近晌午，租船渡海去松岛，其间十六里海路。不时便抵达雄岛海岸[1]。

古人诗赋对松岛可谓咏叹备至，皆称松岛乃扶桑第一好风光。纵与洞庭、西湖相比，亦毫不逊色。大海自东南涌入，形成二十多里内湾，潮涨潮落堪与钱塘媲美。湾内小岛星罗棋布，耸立者直刺青天，俯伏者匍卧海波；或两两相叠，或三重并垒，相依相偎犹如拥抱幼子儿孙。青松滴翠，海风吹拂，枝叶自然屈曲，疑似人工雕琢。其景色宵然如美女，淡妆浓抹总相宜[2]。真是鬼斧神工，彩笔难绘，诗赋难描，唯叹造化之天工，无尽、无不能也。

雄岛矶与陆地相连，半岛上有云居禅师[3]的禅堂旧迹

---

[1] 和歌吟诵的景点之一，离松岛海岸最近的岛屿。
[2] 苏东坡《饮湖上初晴后雨》："欲把西湖比西子，淡妆浓抹总相宜。"
[3] 云居禅师，京都妙心寺的僧人，受伊达忠宗邀请来到奥州，中兴松岛瑞岩寺，死于万治二年（1659），终年七十八岁。

## 22. 松嶋

　日既(すでにうま)午にちかし。船をかりて松嶋にわたる。其(その)間二里①餘、雄嶋(をじま)の磯につく。

　抑(そもそも)ことふりにたれど、松嶋は扶桑(ふさう)第一の好風(かうふう)にして、凡(およそ)洞庭(とうてい)・西湖(せいこ)を恥(は)ず。東南より海を入(いれ)て、江(え)の中(うち)②三里、浙江(せつかう)の潮(うしほ)③をたゝ(湛)ふ。嶋々の数を盡(つく)して、欹(そばだつ)ものは天を指(ゆびさし)、ふ(伏)すものは波に匍匐(はらばふ)。あるは二重にかさなり三重に疊(たた)みて、左にわかれ右につらなる。負(おへ)るあり抱(いだけ)るあり、兒孫(じそん)愛すがごとし。松の緑こまやかに、枝葉汐風(しえふしほかぜ)に吹(ふき)たはめて、屈曲(くつきよく)をのづからた(矯)めたるがごとし。其氣色窅然(そのけしきえうぜん)として美人の顔(かんばせ)を粧(よそほ)ふ。ちはや振(ぶる)神のむかし④、大山(おほやま)ずみ⑤のなせるわざにや。造化(ざうくわ)の天工(てんこう)、いづれの人か筆をふるひ詞(ことば)を盡(つく)さむ。

---

① 日本的一里相当于 3900 米,此处约为八公里。
② 江の中,指海湾。
③ 浙江の潮,指钱塘江潮。
④ ちはや振神,显神威、神灵。
⑤ 大山ずみ,山神。

及坐禅石。松林深处似是一出家人的居所，落叶、松果的缕缕青烟，在草庵上冉冉飘荡，好一个恬静安闲之处。顾不得是何方高士，只管径直上前去拜。

须臾之间，月光已遍洒海面，月下的景色与日间所见迥然不同。

当晚返回雄岛海岸，在一处二楼客栈住下来。客房窗临大海，夜间睡在楼上如同露宿云雾间，心境之奇妙不可言状。

松岛风光美，
声声切切杜鹃啼，
愿借鹤衣配。[1]　　　（曾良）

我一时无句作，欲睡而不眠，想起离开草庵旧居时，挚友素堂[2]赠我一首松岛汉诗，原安适[3]亦赠松浦岛[4]和歌。于是解开背囊，取出诗卷，另有弟子杉风、浊子相赠的俳句[5]。正是佳作寄深情，足慰今日难眠之夜。

---

[1] 作者面对松岛一派风光，听着杜鹃鸣啼而过，感慨亦深，但杜鹃毕竟无法与松岛景致媲美，期望它快去借来仙鹤好相衬。
[2] 姓山口，名信章，芭蕉的俳谐诗友。
[3] 江户医生，芭蕉的友人，在和歌上颇有造诣。
[4] 和歌吟诵的景点，现宫城县七之浜町松之浜，又称"御殿崎"。平安时代称"松之浦岛"。
[5] 浊子，姓中川，美浓国大垣藩士，通称甚五兵卫，芭蕉门下的俳谐诗人。

雄嶋が磯は地つゞきて海に出たる嶋也。雲居禪師の別室の跡、坐禪石など有。将、松の木陰に世をいとふ人も稀々見え侍りて、落穂・松笠など打けぶりたる草の庵閑に住なし、いかなる人とはしられずながら、先なつかしく立寄ほどに、月海にうつりて、昼のながめ又あらたむ。江上に歸りて宿を求れば、窓をひらき二階を作て、風雲の中に旅寐するこそ、あやしきまで妙なる心地はせらるれ①。

　　　松嶋や鶴に身をかれほとゝぎす　　　曾良

予は口をとぢて眠らんとしていねられず。旧庵をわかるゝ時、素堂松嶋の詩②あり。原安適松がうらしまの和歌を贈らる。袋を解てこよひの友とす。且杉風・濁子が發句あり。

---

① "こそ……已然形"的句式，表强调。此处为表自发的助动词"らる"的已然形"らるれ"。
② 《素堂家集》收有该诗：夏初松岛自清幽，云外杜鹃声未同；眺望洗心都似水，可怜苍翠对青眸。

第二十三段 /

# 瑞岩寺

　　十一日参拜瑞岩寺[1]。三十二代主持真壁平四郎[2]曾留学取经于宋朝，回国后兴建此寺。后有高僧云居禅师改建七堂，使之金碧辉煌，气势轩昂，成为极乐净土之大佛寺。只遗憾当年"见佛圣"[3]的旧迹不知在何处。

---

[1] 瑞岩寺，位于宫城县宫城郡松岛町，属临济宗寺院，现称松岛青龙山瑞岩圆福禅寺。又称松岛寺。
[2] 法身和尚的俗名，镰仓时代人，应北条时赖之招，入山后将瑞岩寺改为禅寺。
[3] 见佛圣，平安后期高僧，在雄岛隐居十二年，诵《法华经》六万遍，受到鸟羽天皇赞赏。据说西行法师慕名而来，曾在松岛住过两个月。

## 23. 瑞岩寺

　十一日、瑞岩寺に詣。當寺三十二世の昔、眞壁の平四郎出家して<sup>①</sup>、入唐歸朝の後開山す。其後に、雲居禪師の德化に依て、七堂甍改りて、金壁莊嚴光を輝、佛土成就の大伽藍とはなれりける<sup>②</sup>。彼見佛聖の寺はいづくにやとしたはる。

---

① 真壁平四郎，曾良日记注记云："开山法身和尚，中兴云居。"据《元亨释书》，亦称作"法心"，镰仓时代人，壮年出家渡宋修行九年，回国后在奥州松岛修行。
② 此处用连体形"ける"结句，与前面的提示助词"は"构成呼应关系。

第二十四段 /

# 石 卷

十二日向平泉进发[1],听说途中有姐齿松[2]、绪绝桥[3]等名胜,遂探询前往。

谁想在这人迹罕至之地、仅有猎户樵夫往来的路上竟迷失方向,走到了石卷港口[4]。自港口眺望金花岛[5],眼前犹现古歌"金花遍山满盈盈"[6]之景,别具情趣。鸟瞰海湾,数百艘驳船聚集湾内,岸上人家鳞次栉比,炊烟袅袅。这般好地方,竟是未曾料及,令人喜出望外。

夜晚求宿,竟无人相留,最后只好将就在一贫穷小户人家住下。翌晨,继续摸索向前。长堤漫漫,时而远

---

[1] 平泉,现岩手县西磐井郡平泉町。
[2] 姐齿松,和歌吟诵的景点之一,位于宫城县栗原郡金城町。
[3] 绪绝桥,和歌吟诵的景点之一,位于宫城县古川市。
[4] 石卷,现石卷市,位于北上川河口的商业港口。
[5] 金花山,位于牧鹿半岛东南端的小岛,传说此处产黄金。
[6] 奈良时代和歌诗人大伴家持献给天皇的诗,收在《万叶集》卷十八。

## 24. 石巻

　十二日、平和泉①と心ざし、あねはの松・緒だえの橋など聞傳て、人跡稀に、雉兎蒭蕘②の往かふ道、そこともわかず、終に路ふみたがえて、石の卷といふ湊に出。こがね花咲③とよみて奉たる金花山海上に見わたし、數百の廻船入江につどひ、人家地をあらそひて、竈の煙立つゞけたり。思ひがけず斯る所にも來れる哉と、宿からんとすれど更に宿かす人なし。漸まどしき④小家に一夜をあかして、明れば又しらぬ道まよひ行。

---

① 现一般写作"平泉"。
② 猎人樵夫，参见《孟子·梁惠王下》："文王之囿方七十里，刍荛者往焉，雉兔者往焉。"
③ 参见《万叶集》大伴家持歌：すめろぎの御代さかえむとあづまなるみちのく山にこがねはなさく。
④ 形容词"まどし"的连体形，意为贫穷、寒碜。

望袖子渡[1]、尾骏牧坡及真野萱原[2]。沿着沼泽小心翼翼地来到户伊麻[3],夜宿。次日抵平泉。松岛已远在百余里之外了。

---

[1] 和歌吟诵的景点之一。北上川的渡口,位于石卷市北面。
[2] 尾骏牧坡,位于石卷对岸东面半坡上。真野萱原,位于石卷市东北部。两处均为和歌吟诵的景点。
[3] 户伊麻,现宫城县登米郡登米町,石卷以北三十二公里处。

袖のわたり・尾ぶちの牧・まのゝ萱はらなどよそめにみて、遥なる堤を行。心細き長沼にそふて、戸伊摩と云所に一宿して、平泉に到る。其間廿余里ほどゝおぼゆ。

第二十五段 /

# 平 泉

　　藤原家三代荣华[1]，不过一枕黄粱，如今平泉馆[2]已成为一片田野。距离平泉馆七八里之外尚存大门遗迹，只有那金鸡山[3]依然如故。登上高馆[4]眺望，北上川[5]由北向南滚滚而来，此乃奥州第一大河。衣川[6]则绕过和泉城[7]于高馆下汇入北上川。泰衡旧馆西边是衣关[8]，紧锁南部[9]

---

[1] 指藤原清衡、基衡、秀衡三代世家。清衡在宽治三年（1089）以陆奥押领使的身份确立了在奥州的实权地位，到秀衡一代达到了荣华繁盛的顶峰。
[2] 即秀衡所建之馆。秀衡为基衡之子，与源赖朝对峙，庇护源义经。
[3] 秀衡为镇守平泉，在平泉馆后筑起一座形似富士山的山岗，并在顶上埋下两只金制鸡，故得名。
[4] 源义经的住所，传说也是义经死的地方。
[5] 奥州最大的河流，流入石卷港。
[6] 和歌吟诵的景点之一，北上川的支流。
[7] 和泉城，秀衡的第三子和泉三郎忠衡的住处。
[8] 泰衡，秀衡的次子。文治五年（1189）遵源赖朝之命围杀源义经和亲弟和泉三郎忠衡，后自己又被源赖朝杀死。衣关，和歌吟诵的景点。
[9] 南部，人名。平泉以北、以盛冈为中心处是南部氏领地。

## 25. 平泉

　三代の栄耀一睡の中にして、大門の跡は一里こなたに有。秀衡が跡は田野に成て、金鶏山のみ形を残す。先高舘にのぼれば、北上川南部より流るゝ大河也。衣川は和泉が城をめぐりて、高舘の下にて大河に落入。康衡等が旧跡は、衣が関を隔て南部口をさし堅め、夷①をふせ

---

①　多指东北地区未开化之民。

口，以防虾夷进犯。当年众臣固守城中，曾于此浴血奋战。然而，忠臣勇士的功名业绩不过昙花一现，而今已是荒草萋萋一片。正如诗云："国破山河在，城春草木深。"[1]

脱笠席地而坐，吊古思今，叹时光之易逝，独怆然而涕下[2]。

芳草萋萋岩石青，
勇士功名梦一枕。[3]

曾良亦咏：

水晶花，白灿灿，
兼房[4]奋战火烧身。

---

[1] 出自杜甫《春望》。
[2] 见陈子昂《登幽州台歌》："念天地之悠悠，独怆然而涕下。"
[3] 芭蕉面对眼前的荒凉景象，感慨万分，昔日的荣华如梦幻一般。战争的残酷令武士们尸骨遍地。其诗境与杜甫的《春望》有异曲同工之趣，为自然的永恒与人生的短暂而兴叹。
[4] 兼房，义经妻子的乳母。据《义经记》记载，在高馆沦陷之日，她最后看到义经夫妇死去，便放火烧了高馆与敌奋战，于烈火中死去。

ぐとみえたり。偖も義臣すぐつて此城にこもり、功名一時の叢となる。「国破れて山河あり、城春にして草青みたり」と笠打敷て、時のうつるまで泪を落し侍りぬ。

　　　夏草や兵どもが夢の跡
　　　卯の花に兼房みゆる白毛かな　　曾良

久闻经堂、光堂[1]盛名,恰逢今日殿堂开帐。经堂内有清衡、基衡、秀衡三尊将军塑像,三座灵柩纳于光堂,另置佛像三尊。然而殿内七宝失散,珠门破损,金柱雕梁经风霜雨雪亦被摧朽。是后人将断墙颓垣重新围起又加盖新瓦,方留下这些旧迹遗物,成为千古纪念。

年年梅雨处处晦,
光堂映照旧时辉。[2]

---

[1] 经堂,藏经文的殿堂。清衡建,藏有经书万余卷。光堂,金色殿堂,由清衡建于天治元年(1124)。光堂是江户时期以后的称法。藤原三代的棺椁置于此处。
[2] 全句释义为:正值梅雨季节,阴雨蒙蒙,处处灰暗。只有光堂金碧辉煌,夺人眼目。

兼(かね)て耳驚(おどろか)したる二堂開帳(かいちやう)す。經堂(きやうどう)は三将の像をのこし、光堂(ひかりだう)は三代の棺(ひつぎ)を納め、三尊の佛①を安置す。七宝(しちはう)②散(ちり)うせて、珠(たま)の扉(とびら)風にやぶれ、金(こがね)の柱霜雪(さうせつ)に朽(くち)て、既(すでに)頽廢空虚(たいはいくうきよ)の叢(くさむら)と成(なる)べきを、四面新(あらた)に囲(かこみ)て、甍(いらか)を覆(おほひ)て風雨を凌(しのぐ)。暫時(しばらくせんざい)千歳の記念(かたみ)とはなれり。

　　　五月雨(さみだれ)の降(ふり)のこしてや光堂

---

① 指阿弥陀如来（定朝作）、观世音菩萨（运庆作）、势至菩萨（运庆作）。
② 依经文不同而所指亦不同。《法华经》指金、银、琉璃、砗磲、玛瑙、珍珠、玫瑰。

第二十六段 /

# 尿前关

遥望"南部道"[1]一路南下,是夜宿岩手村[2]。又经小黑崎、美豆小岛[3],由鸣子温泉越过尿前关[4],即将进入出羽国境。此处过往路人极少,在关口被盘诘不休,迟迟不予放行。好不容易放行后翻过大山,天色已暗,见一守关人家,求宿。谁想连日狂风暴雨,整整三日不得出门,滞留山中甚无聊佗傺。

蚤虱扰,夜难眠,

---

[1] 指通往北部盛冈市方面的道路。
[2] 奥州之行到平泉是最北边,作者至此怀着对北方的思慕之情,依依不舍开始南下并向西行。岩手村,现宫城县玉造郡岩手山町,是芭蕉南下的第一站。
[3] 小黑崎、美豆小岛,两处均为和歌吟诵的景点。前者位于宫城县玉造郡荒雄川北岸,后者是荒雄川中的一个小岛。
[4] 鸣子温泉,传说义经的儿子出生后,由弁庆背至此处,才哭出第一声,故名"鸣子"。尿前关,陆奥国和出羽国的交界关卡,距鸣子约两公里。

## 26. 尿前の關

　南部道<sup>①</sup>遥にみやりて、岩手の里に泊る。小黒崎・みづの小嶋を過て、なるごの湯より尿前の關にかゝりて、出羽の國に越んとす。此路旅人稀なる所なれば、關守にあやしめられて、漸として關をこす。大山をのぼつて日既暮ければ、封人の家<sup>②</sup>を見かけて舎を求む。三日風雨あれて、よしなき<sup>③</sup>山中に逗留す。

　　　蚤虱馬の尿<sup>④</sup>する枕もと

---

① 南部道，指秋田向北通往盛冈的道路，所谓南部乃指盛冈为南部氏的居城而已，非南方也。
② 封人，守卫关防、边境的人。
③ よしなき，形容词，寂寥、无趣。
④ 尿，亦有别本读作"しと"。

马溲滴答闹枕边。[1]

关守说:"由此去出羽国[2],要翻过一座大山,再说山路难辨,不妨找一向导带路。"于是领来一年轻人,壮硕,腰挎短刀手提木杖。仅此一身行头亦可想象,今日路上或有不测,战战兢兢紧随其后。

一路果如关守所言,高山森然耸立,林海茫茫无边,竟不闻一声鸟啼。树荫苍郁,重重有如夜行,似腾云驾雾。步步披荆斩棘,时而涉水跨涧,磕磕绊绊,浑身冷汗淋淋。直到最上庄[3],方松下一口气。向导欣然告辞:"途中常有盗贼出没,今日得以平安奉送,甚幸甚幸。"

事后想来,犹觉心悸。

---

[1] 这是芭蕉夜宿山中陋室的一段真实记录,句中一边描述连夜遭蚤虱咬、听马尿声的困窘,一边流露出轻松幽默的诙谐。
[2] 相当于现在的山形、秋田两县。芭蕉一行从太平洋一侧,横穿本州最窄的部分,开始往日本海方向前进。
[3] 最上庄,现山形县北部,中世纪时曾是最上氏的庄园领地。

あるじの云、是より出羽の國に大山を隔て、道さだかならざれば、道しるべの人を頼て越べきよしを申。さらば①と云て人を頼侍れば、究竟の若者②反脇指をよこたえ、樫の杖を携て、我々が先に立て行。「けふこそ必あやうきめにもあふべき日なれ」と、辛き③思ひをなして後について行。あるじの云にたがはず④、高山森々として一鳥聲きかず、木の下闇茂りあひて夜行がごとし、雲端につちふる心地して⑤、篠の中踏分踏分、水をわたり岩に躓て、肌につめたき汗を流して、最上の庄に出づ。かの案内せしおのこの云やう、「此みち必不用の事有。恙なうをくりまいらせて仕合したり」と、よろこびてわかれぬ。跡（後）に聞てさへ胸とゞろくのみ也。

---

① さらば，那么，那样的话。
② 究竟，形容动词，意为优秀的、强壮的、合适的。这里恐跟同音词"倔强（くっきやう）"相混，该词也有"强壮"之意。
③ 辛き，形容词的连体形，此处不表味觉，意为难受、辛苦。
④ 云ふにたがはず，意为不错、正如此。
⑤ 犹如云端飘风沙一般。此处或依杜甫《郑驸马宅宴洞中》句："误疑茅堂过江麓，已入风磴霾云端。"

## 第二十七段

# 尾花泽

至尾花泽,访清风氏[1],此人富家出身,却不落俗。因常往来于京城之间,颇晓羁旅之苦,故挽留我们歇息数日,款待殷勤备至。

清风爽,入客房,
盘坐似家堂。[2]

蟾蜍哟,快出来,
莫在蚕室席下哀。[3]

---

[1] 尾花泽,现山形县尾花泽市。清风,本名为铃木道佑,是经营胭脂买卖的富商,喜好俳谐,在江户时与芭蕉交流过俳句。
[2] 以下是四首俳句。此句释义为:逢上知己心情舒畅,躺在爽风宜人的屋子里,如同在自家一样轻松愉快。
[3] 此句释义为:听着养蚕屋下蟾蜍叫声,作者感到一种说不出的亲切感,唤它出来到凉爽处来。

## 27. 尾花澤

　尾花澤にて清風と云者を尋ぬ。かれは富るものなれども、志いやしからず。都にも折々かよひて、さすがに旅の情をも知たれば、日比①とゞめて、長途のいたはり、さまざまにもてなし侍る。

　　　涼しさを我宿にしてねまる也②
　　　這出よかひやが下のひきの聲③

---

① 日比，数日。据曽良日记，自十七日至二十七日在此地逗留。
② ねまる，通常为躺着、侧卧意，但此处可能用当地方言之意，即坐着、盘腿坐之意。
③ ひき，早在《本草和名》(918) 里就用"比支 ( ひき )" 来对译"蟾蜍"。

胭脂红粉花样年，
应扫眉黛妆台前。[1]

养蚕女，多辛苦，
红颜素装存古风。[2]（曾良）

---

[1] 此句释义为：望着此地特产的红花，令人联想起女子化妆用的小眉刷。因主人清风是胭脂商，这里也可以视为对清风的问候致意。
[2] 此地养蚕的人多穿一种日本式裙裤，十分简朴。曾良由此联想起辛勤劳作的古人风姿。

まゆはきを俤にして紅粉の花[①]
蠶飼する人は古代のすがた哉　　曾良

---

[①]　まゆはき，女子梳妆用具。脸上涂过粉后，用来扫除眉间白粉的小刷子。

第二十八段 /

# 立石寺

　　山形藩主松平领地内有座山寺，人称立石寺[1]，为慈觉大师所建[2]。世人赞其清雅静谧，劝我一游，于是自尾花泽转道南下，步行五十余里。到时天色尚早，于山下僧院租了住处，便上山参拜殿堂。途中奇石叠嶂，悬崖峭壁，石光苔滑，松柏参天。山上有十二所分院，院院山门紧闭，悄然无声。遂绕过悬崖，攀上岩石拜了佛殿。佳景清幽沉寂，爽气沁人心脾。

　　　　山幽寺愈静，
　　　　蝉鸣唧唧渗岩内。[3]

---

[1] 全称天台宗宝珠山立石寺，俗称山寺，位于山形市远郊。
[2] 慈觉，法名圆仁，曾去中国留学，回国后成为天台座主。贞观二年（860）遵清和天皇之命创建立石寺。
[3] 此句释义为：立石寺内一片幽静，偶听蝉声，如同沁入岩石一般，四周愈发悄然。

## 28. 立石寺

　山形領に立石寺と云山寺あり。慈覺大師の開基にして、殊清閑の地也。一見すべきよし、人々のすゝむるに依て尾花澤よりとつて返し①、其間七里ばかり也。日いまだ暮ず。梺の坊に宿かり置て、山上の堂にのぼる。岩に巖を重て山とし、松柏年旧、土石老て苔滑に、岩上の院々扉を閉て物の音きこえず。岸をめぐり岩を這て佛閣を拝し、佳景寂寞として心すみ行のみおぼゆ。

　　　　閑さや岩にしみ入蝉の聲

---

① とつて返し，折回之意。本来芭蕉一行是由尾花泽往西走直奔下一段出现的大石田的，其间不过四五公里。但却南下三十公里到立石寺，翌日才又北上至大石田，走了个"V"字路。

第二十九段 /

# 最上川

欲乘船直下最上川,在大石田[1]滞留数日待天晴。此地早有吟诵俳谐之风,可谓胡角一声慰藉民心。虽地处偏壤而不忘天成淳朴,文风雅正至今不衰。在探索俳谐之路时,众人往往徘徊于新旧之间[2],苦于无名师指点。

众人恳求下,盛情难却,作连句一卷。奥州之行,至此可谓雅兴之致。

最上川发源于陆奥境内,乃日本三大急流之一。山形一带为上游,有碁点、隼[3]两处天险,流经板敷山[4],最终于酒田[5]注入大海。

登船自上游而下,两岸群山夹峙,如行舟于茂林中,

[1] 现山形县北村山郡大石田町。
[2] 指古时俳谐的贞门谈林派向元禄新风转化时所分化的两种俳诗风格。
[3] 碁点、隼两处均位于最上川上游,为险峻难行之处。
[4] 板敷山,和歌吟诵的景点之一,月山山脉的前端。
[5] 酒田,现山形县酒田市,面临日本海。

## 29. 最上川

　最上川のらんと①、大石田と云所に日和を待。爰に古き誹諧の種こぼれて②、忘れぬ花のむかしをしたひ、芦角一聲③の心をやはらげ、此道にさぐりあしして、新古ふた道にふみまよふといへども、みちしるべする人しなければと、わりなき④一卷殘しぬ。このたびの風流、爰に至れり。

　最上川は、みちのくより出て、山形を水上とす。ごてん・はやぶさなど云おそろしき難所有。板敷山の北を流て、果は酒田の海に入。左右山覆ひ、茂みの中に船を下す。

---

① のらんと、"乗る"的未然形加表示意愿的助动词"む（ん）"再加"と"，表示愿望、预定。此处即欲乘船直下最上川之意。
② 古き誹諧，主要是指以大淀三千风为主的谈林派俳谐。
③ 芦角一聲，芦角指芦笛或角笛一类的民间乐器，这里亦指当地的风土人情。
④ わりなき，形容词"わりなし"的连体形，表示盛情难却，不得已、无可奈何之意。这也是表达芭蕉自己真挚心情的惯用语词。见 11 页注 ⑥ 和 115 页正文中的"花の心わりなし"。

又似乘坐古时装运稻谷的"稻船"〔1〕。万绿丛中,瀑布一丝如练,凌空直泻。仙人堂〔2〕耸立江岸,一闪即逝。一路水流湍急,小船几欲翻覆。

  最上川,
  五月梅雨尽收揽,
  浪急湍。〔3〕

---

〔1〕 最上川上运送稻谷的一种独特的运输船,早在《古今和歌集》的冬歌里就有吟诵。
〔2〕 此堂祭祀源义经侍臣常陆坊海尊,据传,义经死后海尊得仙术,长年游走奥陆各地。
〔3〕 此句释义:最上川汇集了山山野野的梅雨,水势漫涨,激流飞泻。

是に稲つみたるをやいな船といふならし①。白糸の瀧は青葉の隙々に落て、仙人堂岸に臨て立。水みなぎつて舟あやうし。

　　五月雨をあつめて早し最上川②

----

① をや，強调宾语。ならし，为断定助动词"なり"的连体形"なる"与推量助动词"らし"约音而成，表示婉转的判断。此处意为："恐怕是将装稻子的船称作稻船吧。"
② 早し，此处并不用于表示时间，而是表示急流奔涌。

第三十段 /

# 出羽三山

六月三日，登羽黑山[1]，走访图司左吉[2]并谒见代理别当代会觉阿阇梨[3]，承蒙主人款待，下榻于南谷别院[4]。

四日，正院内举行俳谐会。

南谷熏风荡，
灵山残雪香。[5]

---

[1] 位于山形县西北部，海拔414米，山顶附近有出羽神社，为修验道灵山。
[2] 姓近藤，俳号露丸，芭蕉门下弟子，住在羽黑山山麓。
[3] 别当代，管辖一山寺院事务的僧人。会觉，京都人。阿阇梨，高僧的名称，这里是对会觉的敬称。
[4] 南谷别院，位于羽黑山山腰处，僧房。
[5] 此句是一首赞颂诗，以感谢会觉阿阇梨的款待。释义为：可敬可赞，盛夏，清风吹进南谷别院，带来阵阵灵山残雪的馨香。

## 30. 羽黒

六月三日、羽黒山に登る。圖司左吉と云者を尋て、別當代會覚阿闍利（梨）に謁す。南谷の別院に舎して、憐愍の情こまやかにあるじせらる①。

四日、本坊にをゐて誹諧興業②。

　　　有難や雪をかほらす南谷③

---

① あるじせらる，名詞"主（あるじ）"的サ変动词化，再加表示敬语助动词らる，意为主人款待客人。
② 興業，举办，举行。此处指举办俳谐会。
③ 此句季语为かほらす，即熏风。此处本出自柳公权"熏风自南来，殿阁生微凉"，但这句诗也被用于禅语，作为临济宗公案禅，大慧禅师（1163年卒）听这句诗后大悟：如果一阵熏风能将那一切对立的观念吹散，那我们就能不拘泥、不执着、不偏颇，品尝到自由自在、淡泊清凉之意。

五日,参拜羽黑权现观音[1],不知开山大师能除[2]为何时人。今《延喜式》[3]中所记载的"奥羽里山神社"恐是将"黑"字误写作"里";"羽州黑山"略称"羽黑山"。"出羽"二字据说出自《风土记》[4],称"此地以鸟羽为贡品奉献朝廷"。羽黑山、月山[5]、汤殿山[6]并称"出羽三山"。羽黑权现观音属江户东叡山[7]宽永寺,以天台宗为根本教义。正是天台止观清澄如明月,佛法广大无边,圆顿融通。山上僧房比邻,人人勤勉修行,如此圣山灵地之验效令世人无不敬畏,可谓繁荣越千古的至福之地。

八日,登月山。脖项挂一条棉布,头裹白色布巾,由脚夫在前引路。

山间云遮雾罩,脚踏冰雪,行六十余里。空气渐稀薄,寒气逼人,疑误入登天之云关。至山顶,日已落山,气喘身寒,新月东升。夜宿山中小屋,集竹叶铺地为席,取筱

---

[1] 权现观音,菩萨化身的日本神,即本地观音。
[2] 能除(562—?),崇峻天皇的第三子,即蜂子皇子。
[3] 记载平安时期礼仪、举措的法规,927年用汉文写成。成为以后日本政治的基本法。其中并无羽黑山的记载。
[4] 日本的地方志。和铜七年(714),元明天皇命令各国编写记述土地由来、出产物品、历史传说等内容的地方风土志,作为编撰历史的资料上呈朝廷。现仅存五国地志和三十余国的逸文。
[5] 出羽三山主峰。海拔1984米,山上有月山神社。
[6] 与月山相连的一座大山。
[7] 东叡山,即宽永寺,位于东京上野公园内。

五日、権現に詣。當山開關能除大師は、いづれの代の人と云事をしらず。延喜式に羽州里山の神社と有。書寫、黒の字を里山となせるにや。羽州黒山を中略して羽黒山と云にや。出羽といへるは、鳥の毛羽を此國の貢に献ると風土記に侍とやらん①。月山・湯殿を合て三山とす。當寺武江東叡に属して、天台止觀の月明らかに、圓頓融通②の法の灯かゝげそひて、僧坊棟をならべ、修驗行法を勵し、霊山霊地の驗効、人貴且恐る。繁栄長にしてめで度御山と謂つべし③。

　八日、月山にのぼる。木綿しめ身に引かけ、寶冠④に頭を包、強力と云ものに道びかれて、雲霧山氣の中に氷雪を踏でのぼる事八里、更に日月行道の雲關に入かとあやしまれ、息絶身こゞえて、頂上に臻れば、日没て月顯る。笹を鋪、篠を枕として、臥て明るを待。日出て雲消れば、湯殿に下る。

---

① 《风土记》里虽无此记载，但《日本地理志料》卷二十八（村冈栎斋［良弼］著，东阳堂，1903）云："按神学类聚抄引风土记，本州上古贡鹫鹰之羽，用为箭羽，故名出羽国。"
② 圓頓融通，天台宗教义之一，圆满融通，达到融通无碍的境界。
③ いつつ，为"いひつ"的促音便，后面的"つ"为完了助动词。此处仅表示强意。
④ 寶冠，包头的白布，修行者戴的一种头巾。

竹为枕，只待天明。翌日凌晨，日出云散，下山赴汤殿。

谷中有一铁匠小屋，相传当年出羽国一铁匠为寻找圣水，到此斋戒沐浴，锻打刀剑，以"月山"二字镌刻刀柄，为世人称颂。联想古时中国干将、莫邪取龙泉水淬火锻剑[1]，令人思慕敬仰。足见有志者事竟成。

岩石上小憩。只见三尺樱花含苞欲放，虽埋没于冰雪之中，却不忘报春之心。点点花蕾，楚楚动人，犹炎天之梅[2]馨香馥郁。念及行尊僧正[3]的山樱和歌，更令人陶醉于冷艳芳馨中。无奈山中定有规矩，修行者不得将山上所见告于外人，故就此搁笔。

回到南谷别院，阿阇梨相邀作三山巡礼之句，记入诗笺。

　　羽黑山，

　　凉风吹，

　　朦胧月弯弯。[4]

---

[1] 龙泉，指中国浙江省的龙泉。据传，东周末年，楚王召铁匠干将，命其制造宝剑。干将得铁后和妻子莫邪同往吴山，用龙泉水淬火，三年内打出雌雄两口剑。
[2] 比喻实际上并不存在的景色。据宋人陈与义《题赵少隐青白堂三首》："雪里芭蕉摩诘画，炎天梅蕊简斋诗。"
[3] 行尊僧正，平安末期天台宗的高僧，延历寺座主。
[4] 此句释义为：夜幕降临，黑沉沉的羽黑山上，淡淡地浮现出月牙一钩，多么神秘又清爽的景致！

谷の傍に鍛冶小屋と云有。此國の鍛冶、霊水を撰て爰に潔斎して釼を打、終月山と銘を切て① 世に賞せらる。彼龍泉に釼を淬とかや。干将・莫耶のむかしをしたふ、道に堪能の執② あさからぬ事しられたり。岩に腰かけてしばしやすらふほど、三尺ばかりなる桜のつぼみ半ばひらけるあり。ふり積雪の下に埋て、春を忘れぬ遅ざくらの花の心わりなし。炎天の梅花爰にかほるがごとし。行尊僧正の歌③ の哀も爰に思ひ出て、猶まさりて覚ゆ。惣而此山中の微細、行者の法式として他言する事を禁ず。仍て筆をとゞめて記さず。坊に歸れば、阿闍梨の需に依て、三山順礼④ の句々短册に書。

---

① 将打刀人的名字刻在刀把上。
② 執，执念，迷恋，热心追求。
③ 收在《金叶和歌集》(1127) 里："大峰にて思ひもかけず桜の花の咲きたりけるを見てよめる。僧正行尊：諸共にあはれと思へ山桜花より外にしる人もなし。"
④ 順礼，或为同音词"巡礼"之误。

皑皑云峰即溃散，
月光照月山。[1]


山中朝圣禁外言，
感神泪湿衫。[2]


足踏香资拜汤殿，
一路泪潸潸。[3]　　　　（曾良）

---

〔1〕 此句释义为：盛夏，环绕月山的云峰溃散后，巍巍月山在月光映照下，现出高大森严的雄姿，犹如天顶塌陷落下一块巨石高耸挺立。
〔2〕 据说在参拜前夜，朝圣者聚集在道场上，立下誓约对谁也不讲山中之事。此句释义为：这神秘的汤殿山，严禁将山里的事情言与他人。我拜倒在神德前，唯有泪浸衣衫。
〔3〕 汤殿山规定不得拾路上遗物，即朝圣者在山上到处撒散香资。此句释义为：脚踏散落在地上的无数香钱，登汤殿山参拜，不禁为灵山之超俗纯净感动，流泪不止。

涼しさやほの三(み)か月の羽黒山(はぐろさん)

雲の峯幾つ崩(くづれ)て月の山

語られぬ湯殿にぬらす袂かな

湯殿山錢ふむ道の泪(なみだ)かな　　曾良

第三十一段 /

# 酒 田

　　离开羽黑，来到鹤冈[1]城下受到门人武士长山重行[2]合家款待，作俳谐一卷。左吉君相送至此，亦作俳句。我二人由鹤冈登舟直下酒田港，投宿医师渊庵不玉家[3]。

　　南望温海山，
　　北眺吹浦滩，
　　徐徐晚风好纳凉。[4]

---

[1] 鹤冈，现山形县鹤冈市。
[2] 芭蕉门下的俳人，酒井藩士，通称长山五郎右卫门。
[3] 渊庵不玉，本名伊东玄顺，医号渊庵，俳号不玉，酒田藩的医师，芭蕉门下的俳人。
[4] 此句释义为：向南边遥望，那温海山与炎暑有缘，回首向北看着吹浦滩，似将暑气吹拂，炎热的白天一过，这傍晚的凉风多么爽快。

## 31. 酒田

　羽黒を立て、鶴が岡の城下、長山氏重行と云物のふの家にむかへられて、誹諧一巻有。左吉[①]も共に送りぬ。川舟に乗て酒田の湊に下る。淵庵不玉と云醫師の許を宿とす。

　　　あつみ山や吹浦かけて夕すゞみ

---

① 左吉，即前段出现的图司左吉。

骄阳入海暑气散,

爽风吹自最上川。[1]

---

[1] 此句释义为:西面,最上川的入海处,一轮红日落入大海,同时也把一天的酷暑带进大海,傍晚,吹来阵阵凉风。

暑き日を海にいれたり最上川

第三十二段 /

# 象 潟

　　山川海陆，秀丽风光数不尽，眼前象潟[1]的旖旎美景，更挠诗心。由酒田港转道向东，翻山越岭，沿海滨踏软沙，约行八十余里。日影西斜，海风腾卷细沙，一时雾蒙蒙，雨霏霏，鸟海山[2]也看不见了。暗中摸索，领略着"山色空蒙雨亦奇"[3]之妙趣，又联想雨霁天晴的妖娆景色。是夜，进到岸边一渔家茅舍，待天晴。

　　次日，雨收云散，旭日东升，泛舟象潟。登上能因小岛[4]，瞻仰能因法师隐居三年的旧址。又抵对岸，观赏古树"西行樱"，这樱花古木因西行法师作和歌"泛舟花上行"

---

[1] 象潟，与松岛并称的和歌吟诵的景点之一，原由九十九个岛屿组成，后因文化元年（1804）的地震沉于大海。
[2] 鸟海山，象潟东南三十公里处的休眠火山，亦称秋田富士。
[3] 语出苏东坡诗《饮湖上初晴后雨》："水光潋滟晴方好，山色空蒙雨亦奇。欲把西湖比西子，淡妆浓抹总相宜。"
[4] 传说能因法师曾住过的小岛。

## 32. 象潟

　江山水陸の風光数を盡して、今象潟に方寸を責む①。酒田の湊より東北の方、山を越礒を傳ひ、いさごをふみて、其際十里、日影やゝかたぶく比、汐風眞砂を吹上、雨朦朧として鳥海の山かくる。闇中に莫作して②、雨も又奇也とせば、雨後の晴色又頼母敷と、蜑の笘屋③に膝をいれて雨の晴を待。

　其朝、天能霽て、朝日花やかにさし出る程に、象潟に舟をうかぶ。先能因嶋に舟をよせて、三年幽居の跡をとぶらひ、むかふの岸に舟をあがれば、「花の上こぐ」④

---

① 方寸を責む，内心汹涌澎湃，表示对象潟美景感慨至极的心情。
② 莫作，同音词"摸索"之误写。此处出自僧策彦《晚过西湖》诗："余杭门外日将晡，多景朦胧一景无。参得雨奇晴好句，暗中摸索识西湖。"
③ 蜑の笘屋，渔夫、海女休息、放渔具的小屋。能因法师曾在歌中吟之：世の中はかくても経けり象潟の蜑の笘屋を我が宿にして（《后拾遗和歌集》，1086）。
④ 西行《继尾集》所收：象潟の桜はなみに埋もれてはなの上こぐ蜑のつり船。

而留为纪念。岛上的御陵，据传是神功皇后之墓[1]，另有干满珠寺院[2]。但并未听说皇后曾行幸此地，究竟为何？

在寺院方丈内歇憩。卷帘眺望[3]，象潟景色尽收眼底。南面鸟海山直撑青天，水中倒影摇曳如诗如画；西面有邪无邪雄关[4]盘踞，遏制要道；东面筑堤蜿蜒连绵，如长龙卧海直走秋田；北面大海波涛澎湃，气象万千，波浪冲积处称作汐越[5]，河口纵横约八里，气势颇似松岛，却又不尽相同，松岛笑靥明媚，春风满面；象潟则双黛颦蹙，寂寥凄清，宛如西施幽怨貌。

象潟雨簌簌，

合欢抱叶愁，

恰似西施双眉蹙。[6]


海天寥廓万里爽，

---

[1] 神功皇后，史书所传第十四代仲哀天皇的皇后。据传说，神功皇后征伐三韩的归途中，遇风暴漂流至此。
[2] 即蚶满寺，因神功皇后所持的干满二珠而得名。
[3] 参见白居易诗句"香炉峰雪拨帘看"。
[4] 有邪无邪雄关，关口名。位于象潟南四公里处。
[5] 汐越，连接日本海的浅滩。
[6] 作者由象潟的雨景，联想到美女西施，又拿逢雨便收叶的合欢花来比喻之，愈发令人生怜悯之情。此句和上文松岛与象潟的拟人化对比描写，均受到苏东坡诗（122页注[3]）的影响。

とよまれし桜の老木、西行法師の記念をのこす。江上に御陵あり神功后宮の御墓と云。寺を干滿珠寺と云。此處に行幸ありし事いまだ聞ず。いかなる事にや。此寺の方丈に座して簾を捲ば、風景一眼の中に盡て、南に鳥海天をさゝえ、其陰うつりて江にあり。西はむやむやの關路をかぎり、東に堤を築て秋田にかよふ道遥に、海北にかまえて浪打入る所を汐ごしと云。江の縦横一里ばかり、俤松嶋にかよひて又異なり。松嶋は笑ふが如く、象潟はうらむがごとし。寂しさに悲しみをくはえて、地勢魂をなやますに似たり。

　　　象潟や雨に西施がねぶの花
　　　汐越や鶴はぎぬれて海涼し

鹤撩汐越碧波漾。[1]

## 祭礼

象潟祭神日，
禁鱼何所食？[2]　　（曾良）

渔家卸门窗，
席地纳凉意趣盎。　　（美浓国商人低耳）[3]

望岩上雎鸠筑巢，曾良作俳句：

雎鸠筑巢高岩壁，
恶浪暴风莫能及。[4]

---

[1] 此句释义为：汐越浅滩上亭亭玉立的仙鹤，长胫撩起海水，多么凉爽啊！
[2] 此句释义为：象潟正逢神社举行祭祀典礼，按规矩当日不得吃任何鱼肉，可这偏远之地，除了鲜鱼又有什么好吃的呢？
[3] 美浓国，现岐阜县。低耳，谈林派俳诗人，与芭蕉共乘舟游象潟，并呈献自作的俳句。芭蕉对这首朴素、真实的句作非常欣赏，特意加到文中。低耳介绍芭蕉在附近投宿。
[4] 此句释义为：雎鸠在海边岩石上高高筑起巢，双双雎鸠形影不离，正如古代和歌中所吟诵的"海枯石烂不变心"，狂风恶浪也难以摧毁之。

　　　　祭礼[1]

　　象潟や料理何くふ神祭　　　曾良
　　蜑の家や戸板を敷て夕涼　みのゝ國の商人　低耳

岩上に睢鳩の巣をみる

　　波をこえぬ契ありてやみさごの巣[2]　　曾良

---

[1] 芭蕉和曾良来到象潟时，正逢当地熊野权现的夏祭。
[2] みさご，睢鸠，因《诗经》首篇"关关睢鸠，在河之洲。窈窕淑女，君子好逑"而著名，用来表示夫妇恩爱。

第三十三段 /

# 越后路

眷恋酒田风光,逗留数日后方离去。望云天,北陆道[1],旅程遥遥,心绪不宁。听说到加贺府[2]尚有九百余里。越过鼠关[3],踏入越后国[4],不日至越中国市振关[5]。行程九日,日晒雨淋,身心疲惫,且旧病复发,全然无意记途中所见。

羁旅迎新秋,

七夕前夜起乡愁。[6]

---

[1] 北陆道,日本七道(东海、东山、北陆、山阴、山阳、南海、西海)之一,日本海沿海的中部小国。
[2] 加贺府,指现石川县的首府金泽市。
[3] 鼠关,出羽国与越后国交界的关口,也称"念珠关"。
[4] 越后国,旧国名,相当于现新潟县(除去佐渡)。
[5] 越中国,旧国名,相当于现富山县。市振关,位于新潟县内,故应仍为越后国。
[6] 此句释义为:羁旅中迎来初秋,明天就是牛郎织女一年一会的七夕,今晚夜空似乎与平日也不相同,令人更加思念亲友。

## 33.越後路

　酒田の余波(なごり)日を重(かさね)て、北陸道(ほくろくだう)の雲に望(のぞみ)、遥々のおもひ胸をいたましめて、加賀の府まで百卅里と聞(きく)。鼠(ねず)の關(せき)をこゆれば、越後(ゑちご)の地に歩行(あゆみ)を改(あらため)て、越中の國一ぶり（市振）の關に到る。此間(このこのか)九日、暑濕(しよしつ)の労(らう)に神(しん)をなやまし、病おこりて事をしるさず。

　　　　文月(ふみつき)①や六日(むいか)も常の夜には似ず

---

① 文月，指阴历七月。

银河横跨佐渡天,

人间鹊桥浪涛栏。[1]

---

[1] 此句释义为:眼前翻滚的浪涛,流放到佐渡岛的人与本土相隔,仰望夜空,那银河横跨佐渡。牛郎织女今日要相会,那些被迫远离家乡的人,眺望这银河,会是怎样的心情啊!

荒海や佐渡によこたふ天河(あまのがは)

第三十四段 /

# 市 振

今日闯过北国险关[1]亲不知、子不知、返犬、返驹，浑身疲惫不堪。依枕欲睡时，隔壁传来一阵年轻女子的细语琐谈。细听，尚交杂着老者的声音，原来两女子是越后国新潟艺妓，要去参拜伊势神宫[2]，老翁相送至此，明日即要返回。眼下正写信要托老翁捎回家乡。"海滨白浪涌，孑然一身，流落他乡，终日放荡无度，如同海女漂泊不定，究竟前世造了什么罪孽啊！"一边听着女子自哀自叹，不知何时竟睡了过去。次日清早启程，两个女子上前含泪苦苦哀求："贫妾担忧路不熟，祈望旅途中能远随大人身影之后而行，愿赐大慈大悲，借高僧法衣结下佛缘。""我等一路寻朋访友，实有不便之处，尽管随他人去吧。但愿神明保佑，一路平安。"话虽如此说去，却不由心生怜悯悲哀之

[1] 指几处集中在市振附近的险路。
[2] 位于三重县伊势市。日本全国神社的本宗。明治以后成为国家神道的中心。

## 34. 市振

　今日親しらず・子しらず・犬もどり・駒返しなど云北国一の難所を越てつかれ侍れば、枕引よせて寐たるに、一間隔て面の方に、若き女の聲二人計ときこゆ。年老たるおのこの聲も交て物語するをきけば、越後の國新潟と云所の遊女成し①。伊勢参宮するとて、此關までおのこの送りて、あすは古郷にかへす文したゝめて、はかなき言傳などしやる也。白波のよする汀に身をはふらかし②、あまのこの世をあさましう下りて③、定めなき契、日々の業因いかにつたなしと、物云をきくきく寐入て、あした旅立に、我々にむかひて、「行衞しらぬ旅路のうさ、あまり覚束なう悲しく侍れば、見えがくれにも御跡をしたひ侍ん。衣の上の御情に、大慈のめぐみをたれて結縁せさせ給へ」と泪を落す。「不便の事④には侍れども、我々

---

① なりし，本应该用终止形"なりき"结句，但此处用连体形结句，多表示意犹未尽之感，为镰仓时代以后通用的语法。
② 前半句出自《和汉朗咏集》(1018)"白波の寄するなぎさに世をすぐすあまの子なれば宿もさだめず"，后来《新古今和歌集》(1205)卷十八"杂歌下"亦收之。后半句的"身をはふらかし"，意为流离、漂泊。
③ あさましう下りて，形容词"あさまし"的う音便，意为可叹可悲。下りて，这里意为落魄、沦落。
④ 不便，这里当是同音词"不憫"意，即可怜。

情,久久难消。

> 僧人艺妓同檐寝,
> 月光明亮,荻花莹莹。[1]

吟俳句一首,曾良记下。

---

[1] 院内荻花漫开,空中明月高挂。作者将艺妓比作荻花,把自己视为明月。一方是靠卖艺维持生计的乡下艺妓,一方是追求风雅、厌恶世俗的僧人,两者的邂逅对比鲜明,点缀了越后国旅行的最后一幕。

は所々にてとゞまる方おほし。只人の行にまかせて行べし。神明の加護かならず恙なかるべし」と云捨て出つゝ、哀さしばらくやまざりけらし①。

　　　一家に遊女もねたり萩と月

曾良にかたれば書とゞめ侍る。

---

① けらし、过去助动词"ける"加"らし"的约音。见 109 页注 ①。

第三十五段 /

# 加贺国

黑部河有浅滩四十八处[1],一路几经涉水渡河,来到那古[2]海边。虽不是藤花盛开时节,担笼[3]的初秋之景亦当别有情趣。欲访之,路人却说:"沿海岸走三四十里,山下仅有几户渔家柴扉陋室,恐怕无借宿之处。"如此,只好断念,径往加贺国。

穿越早稻一片香,
有矶海上掀波浪。[4]

---

[1] 浅滩四十八处,指黑部河河口附近的许多分岔处,是有名的难关。
[2] 那古,和歌吟诵的景点之一,位于富山县新凑市。
[3] 担笼,和歌吟诵的景点之一,位于富山县冰见市。
[4] 有矶海,和歌吟诵的景点之一,位于富山伏木港西部。作者未能前往,故咏入歌内,以表憧憬之情。此句释义为:富饶的北陆国土,飘荡着早稻的阵阵清香。走在一望无际的金黄稻海中,右手边是那波涛翻滚的有矶海。

## 35. 加賀の国

　くろべ四十八が瀬とかや、数しらぬ川をわたりて、那古と云浦に出。擔篭の藤浪は春ならずとも、初秋の哀とふべきものをと、人に尋れば、「是より五里いそ傳ひして、むかふの山陰にいり、蜑の苫ぶきかすか① なれば、蘆の一夜の宿かすものあるまじ②」といひをどされて、かゞの国に入。

　　　　わせの香や分入右は有磯海

---

① かすか，这里意为简陋、粗糙。
② まじ，表否定推量的助动词，上接用言终止形，"不……吧"，相当于现代日语的"まい"。

第三十六段 /

# 金 泽

越过卯花山、俱利伽罗峡谷[1]，七月十五日抵达金泽。遇一大阪商人，俳号曰何处[2]，当夜与之同宿。

久闻一笑[3]是此地热衷俳谐的俊秀，且俳友甚多，但去冬已故，真可惜英年早逝。今日其兄以俳谐诗会悼其亡灵，故咏一首：

君不闻，
秋风瑟瑟吾恸哀，
地裂墓开相会来。[4]

---

[1] 卯花山，和歌吟诵的景点之一，位于富山县西砺波郡。俱利伽罗峡谷，位于富山县和石川县交界处，是木曾义仲击败平家的古战场。
[2] 何处，大阪人，后入芭蕉门下。
[3] 一笑，姓小杉，生前不曾与芭蕉相见，但一直崇拜芭蕉，并期待他的来访。芭蕉内心也把他视为弟子。但此次来访，仅剩一尊墓碑。
[4] 此句释义为：我恸哭的声音和瑟瑟秋风在呼唤着你，墓穴开开吧！让我们见上一面。

## 36. 金澤

　卯の花山・くりからが谷をこえて、金澤は七月中の五日也。爰に大坂よりかよふ商人何處と云者有。それが旅宿をともにす。
　一笑と云ものは、此道にす（好）ける名のほのばの聞えて、世に知人も侍しに、去年の冬早世したりとて、其兄追善①を催すに、

　　　　塚も動け我泣聲は秋の風

---

①　追善，举办俳谐会为祈念亡者之冥福。

受一草庵主人邀请,即席赋:

> 瓜果茄子,
> 剥一只,
> 秋味乐滋滋。[1]

由金泽至小松途中吟一句:

> 骄阳似火不留情,
> 秋风一过暑气停。[2]

来到小松。

> "小松"名,真可爱,
> 芒草荻花荡秋色。[3]

---

[1] 此句释义为:秋凉时节,主人端上一盘新鲜的瓜果、茄子,这真富有田园风味,大家一块动手拨开它吃吧!
[2] 此句释义为:秋天来了,可太阳依然烤在我们头上,残暑犹盛。但还是能感到秋风的轻拂。
[3] 此句释义为:小松,真是一个动听的名字,秋风吹着路旁的小松树,芒草、胡枝子也随风摇摆,好一幅情趣盎然的秋天景色。

ある草庵にいざなはれて

　　秋涼し手毎にむけや瓜茄子
　　　てごと　　　　　　うりなすび

途中吟①
　ぎん

　　あかあかと日は難面もあきの風②
　　　　　　　　つれなく

小松と云所にて
　　　いふ

　　しほらしき名や小松吹萩すゝき
　　　　　　　　　　ふく

----

① 吟，《玉篇》载："吟，亦古吟字。"俳谐开创者松永贞德点评的《千句独吟之诽谐》（1648）就用的是此字。
② つれなく，形容词"つれなし"的连用形，意为无情、不给面子。此处指秋天已到，那太阳还是不给情面炙热似火。

141

第三十七段 /

# 太田神社

参拜此地太田神社，神社内有武将实盛[1]的头盔及衣甲残片。实盛本属源氏部下，据传其锦衣即为义朝公[2]所赐。头盔盔沿至护耳有雕金菊花藤叶花纹，盔顶直竖两根锹形柱，显然皆非一般武士所有。实盛阵亡后，木曾义仲[3]将祈胜书连同盔甲一并奉献至此神社，命樋口次郎[4]为使者追奉冥福。抚今追昔，其情形重现眼前。

可叹战盔下，
凄楚蟋蟀鸣秋声。[5]

---

[1] 实盛，姓斋藤，越前人。当年讨伐木曾义仲军时，将白发染黑出阵，在加贺战死，终年七十二岁。为民间所赞颂的英雄之一。
[2] 义朝，源为义的长子，败于平治之乱，在尾张野间被杀。
[3] 木曾义仲，即源义仲，义贤的二子，因在木曾山长大，故名之。
[4] 樋口次郎，名兼光，实盛的旧友。
[5] 此句释义为：望见那顶曾戴在实盛头上的战盔，怎能不激起往事的回忆。象征着实盛化身的蟋蟀正在低声悲鸣，带来一派秋色的凄楚。

## 37. 太田神社

　此所太田の神社に詣。眞盛①が甲・錦の切あり。徃昔、源氏に属せし時、義朝公より給はらせ給とかや②。げにも③平士のものにあらず。目庇より吹返しまで、菊から草のほりもの金をちりばめ、龍頭に鍬形打たり④。眞盛討死の後、木曾義仲願状にそへて此社にこめられ侍よし、樋口の次郎が使せし事共、まのあたり縁紀（起）にみえたり。

　　　むざんやな甲の下のきりぎりす

---

① 人名，汉字亦写成"实盛"。
② 此处内容可能芭蕉记忆有误，据《平家物语》《源平盛衰记》，该锦衣不是义朝公所赐，而应该是平宗盛所赐。
③ げにも，副词。表示感慨，真的、真是。
④ 打つ，此处意为嵌上。

第三十八段 /

# 那 谷

前往山中温泉[1],一路不时回首遥望,身后即是歌枕白根山岳[2]。道路左侧山脚下有座观音堂,传说花山法皇[3]巡礼三十三处后安置了一尊观音菩萨像,并赐以"那谷寺"名。又传"那谷"分别取自那智、谷汲[4]两地名。寺院内参天古松挺立于奇峰怪石之间,草堂依山崖而结,实为奇险圣地。

　　那谷奇石白,
　　秋风萧萧起满院。[5]

---

[1] 山中温泉,位于现石川县加贺市。
[2] 白根山岳,即白山,日本三山(富士山、立山、白山)之一,海拔2702米。
[3] 花山法皇,第六十五代花山天皇。永观二年(984)即位,宽和二年(986)十九岁时让位进佛门,称为法门。
[4] 那智、谷汲,两处分别为花山法皇巡礼三十三处的第一处和最后一处的寺院。
[5] 此句释义为:那谷寺内的奇石比大津的石山之石还要白。时而吹进院内的秋风也给人一种惨白的感觉,使整个寺院充满森严凄凉的气氛。

## 38. 那谷

　山中の温泉に行ほど、白根が嶽跡にみなして<sup>①</sup>あゆむ。左の山際に觀音堂<sup>②</sup>あり。花山の法皇三十三所の順礼とげさせ給ひて後、大慈大悲の像を安置し給ひて、那谷と名付給ふと也。那智・谷組（汲）の二字をわかち侍しとぞ<sup>③</sup>。奇石さまざまに、古松植ならべて、萱ぶきの小堂、岩の上に造りかけて、殊勝の土地也。

　　石山の石より白し秋の風

---

① 跡，同训字"後"；あとにみなして，意为从后面可以看到白根山岳。
② 即那谷寺，属真言宗，祀千手观音。
③ とぞ，强调所引的内容，意为"というのだ"。

第三十九段 /

# 山 中

沐浴山中温泉,闻其功效仅次于有明温泉[1]。吟一句:

山中泉水沁骨香,
延龄何须采菊来。[2]

旅店主人久米之助[3],少年英才。其父生前爱好俳谐,贞室[4]年轻时初游此地,曾被久米父亲嘲讽奚落,贞室回到京都便拜在松永贞德[5]门下,之后扬名天下。贞室成名后,评判此地山中温泉乡人所作俳句时,概不收润笔之禄,传为俳坛佳话。

---

[1] 有明温泉,和歌吟诵的景点之一,现兵库县的有马温泉。
[2] 此句释义为:古时传说吸吮菊花上的露水能活八百年,但在这山中温泉沐浴,其效能更灵验,不必为延龄去采菊花。
[3] 和泉屋甚左卫门的幼名。芭蕉见久米时,他仅十四岁,已入蕉门,芭蕉为他取俳号"桃夭"。
[4] 贞室,姓安原,是贞门七俳仙之一。
[5] 松永贞德,江户时期的俳诗人,京都人,贞门俳谐的鼻祖。

## 39. 山中

温泉(いでゆ)に浴す。其功有明(そのこうありあけ)に次(つぐ)と云(いふ)。

　　　山中や菊はたおらぬ湯の匂(にほひ)①

　あるじとする物は、久米之助(くめのすけ)とて、いまだ小童也。かれが父誹諧(はいかい)を好み、洛の貞室若輩(らくていしつじやくはい)のむかし、爰(ここ)に來(きた)りし比(ころ)、風雅に辱(はづか)しめられて、洛に歸(かへり)て貞徳②の門人となつて世にしらる。功名の後(のち)、此一村判詞の料(このいつそんはんじ)③を請(うけ)ずと云(いふ)。今更むかし語(がたり)とはなりぬ。

---

① たおらぬ，是动词"手折(たを)る"加否定助动词"ず"的连体形"ぬ"。
② 貞徳，参见 133 页注③。
③ 判詞，指点评和歌、评判优劣的词语。料，钱，费用。这里即指点评的报酬。

## 第四十段 /

# 离 别

曾良腹痛，欲先行前往伊势国长岛[1]，投宿亲戚处。临行前吟道：

路漫漫，
羁旅难，
埋骨荻丛亦心甘。[2]

行者悲戚远别离，留者相恨不得辞，只凫独翔浮云中，一别归来未有期。和曾良诗：

---

[1] 伊势国长岛，现三重县桑名市。
[2] 此句释义为：重病缠身，今天要离开师翁先行一步，也许会倒在路旁，而作为酷爱风雅的人，即便瞑目，也愿死在荻花漫开的原野之中。

## 40. 離別

　曾良は腹を病て、伊勢の国長嶋と云所にゆかりあれば、先立て行に、

　　　　行き行きてたふれ伏とも萩の原　　曾良

　と書置たり。行ものゝ悲しみ、殘ものゝうらみ、隻鳧①のわかれて雲にまよふがごとし。予も又、

---

① 此处或参照《蒙求》卷上"李陵初诗"条，云："双凫俱北飞，一凫独南翔。子当留斯馆，我当归故乡。一别如秦胡，会见何讵央。怆恨切中怀，不觉泪沾裳。愿子长努力，言笑莫相忘。"

"二人同行"笠上墨,
今日露雨几抹消。[1]

---

[1] 此句释义为:今日起,斗笠上写的"同行二人"这几个字也该涂掉了,就用露水和泪水来涂抹吧。

今日よりや書付㊀消さん笠の露

---

① 書付，指修行者斗笠上写有"乾坤无往同行二人"字样，原指佛和自己，但这里是指曾良和芭蕉。

第四十一段 /

# 全昌寺

夜宿大圣寺城外全昌寺[1],此处仍属加贺国。曾良昨夜亦曾在此寺院住宿,并留下俳句:

秋风瑟瑟越后山,
终宵漫漫夜凄凉。[2]

离别一夜犹如相距千里。夜宿曾良昨夜的僧房,听着窗外的秋风入睡。拂晓,院内传来朗朗诵经声,又闻敲打钟板,便随众僧去食堂。今日要去越前国,饭后匆匆整装出发,一小僧抱着纸砚追至阶下,索要俳句。时值院内柳叶纷落,行装在身无暇思索,便信笔写下:

---

[1] 大圣寺,现石川县加贺市大圣寺町。全昌寺,位于大圣寺町的南部。
[2] 此句释义为:与师翁别后的孤独,多么凄凉,秋风瑟瑟竟使我整夜难眠。

## 41. 全昌寺

大聖持の城外、全昌寺といふ寺にとまる。猶加賀の地也。曾良も前の夜、此寺に泊て、

　　　終宵秋風聞やうらの山

と殘す。一夜の隔千里に同じ①。吾も秋風を聞て衆寮に臥ば、明ぼのゝ空近う讀經聲すむまゝに、鐘板鳴て食堂に入。けふは越前の国へと、心早卒にして堂下に下るを、若き僧ども紙硯をかゝえ、階のもとまで追來る。折節庭中の柳散れば、

---

① 参见苏东坡《颍州初别子由二首其二》："咫尺不相见，实与千里同。"《蒙求》里亦收有李陵诗："浮云日千里。"

柳叶纷纷落满院,

行前扫除致片情。[1]

---

[1] 此句释义为:看见寺院里纷落的柳叶,我至少得按照规矩把院子扫干净再启程,也算留宿一夜的答谢吧。

庭掃て出ばや寺に散る柳

とりあへぬさまして草鞋ながら書捨つ①。

---

① とりあへぬさまして，未加推敲，草就。草鞋ながら，ながら接名词表示维持原样、照原样，此处即指穿着草鞋即将出发，匆忙写就俳句。

## 第四十二段

## 汐越松

于加贺与越前交界处,渡船至吉崎入海浅滩[1],寻找汐越松[2]。

  终宵秋风卷波涛,
  月光映照汐越松。
  树梢晶莹莹,
  松弄月下影。[3]　　（西行）

西行歌一首尽述汐越之美景,平添一言,亦犹如树无用之指也。

---

[1] 吉崎,位于现福井县坂井郡。浅滩处现为北潟湖。
[2] 汐越松,在面对日本海的沙丘上有几十棵松树,因其枝叶延伸到海岸遮住了潮汐而得名。
[3] 一说认为此和歌非西行所作,而为莲如上人所吟。

## 42. 汐越松

越前の境、吉崎の入江を舟に棹して汐越の松を尋ぬ。

　　　終宵嵐に波をはこばせて
　　　　　月をたれたる汐越の松　　西行

此一首にて数景盡たり。もし一辨①を加るものは、無用の指を立るがごとし②。

---

① 一辨，一句，一言；抑或意为同音词"一瓣""一篇"。
② 無用の指を立(たつ)る，语依《庄子·骈拇篇》："是故骈于足者，连无用之肉也；枝于手者，树无用之指也。"

第四十三段 /

# 天龙寺·永平寺

丸冈天龙寺[1]长老是旧相识,今日前去拜访。门人北枝[2]说稍送一程,竟从金泽伴随至此。他沿路风光必不放过,只顾构思吟诵,不时有清新隽永之作。临别时不胜依依,赠其诗:

吟诗题扇持赠君,
裂扇惜别依依情。[3]

进山约行十里,参拜永平寺[4]。道元禅师建造此寺[5],在远离京城千里外的偏远山中留下教化之迹,足见其别具高怀。

[1] 丸冈天龙寺,现福井县坂井郡丸冈町清凉山天龙寺。
[2] 北枝,姓立花,芭蕉门下十哲之一。
[3] 此句释义为:夏季用惯了的扇子,秋天也无用了。我将俳句写在上面,你我分别撕下它,权作离别的纪念吧。
[4] 现福井县吉田郡永平寺町的吉祥山永平寺。
[5] 道元(1200—1253),日本佛教曹洞宗的始祖,宽元四年(1246)建永平寺。

## 43. 天龍寺・永平寺

　丸岡天龍寺の長老、古き因あれば尋ぬ。又金澤の北枝といふもの、かりそめに見送りて、此處までしたひ來る。所々の風景過さず①思ひつゞけて、折節あはれなる作意など聞ゆ。今既別に望みて、

　　　　物書て扇引さく余波哉

　五十丁山に入て永平寺を礼す。道元禪師の御寺也。邦機（畿）千里②を避て、かゝる山陰に跡をのこし給ふも、貴きゆへ有とかや。

---

① 過さず，各处风光尽收眼帘，均不放过。
② 邦畿千里，语依《诗经・商颂・玄鸟》："邦畿千里，维民所止。"

第四十四段 /

# 福 井

福井距此仅二十余里[1],晚饭后上路,日暮昏黯,蹒跚前行。福井有隐士等栽[2],曾到江户,有过一面之交,一晃十多年过去,怕已年迈气衰,或已入黄泉。一路打听,得知老者依然健在,并告知住处所在。来到街中僻静处,有一简陋的小屋,墙上爬满葫芦蔓或丝瓜藤,鸡冠花、笤帚草茂密丛生,几乎遮盖了门户。想必应是此处,遂上前叩门。只见一女人衣衫褴褛,从中走出:"高僧来自何方?家主老叟出门,即在不远处某某人家。若有事相烦,请自行前往。"看来此人是老者之妻。一时间,仿佛古代物语中的一幕[3]再现,别具一番趣味。见到等栽,当夜宿其家。两

---

[1] 现福井县福井市。
[2] 等栽,姓神户,福井俳坛的老前辈。
[3] 指《源氏物语》主人公光源氏造访夕颜家时的一个场景。作者借此有奚落等栽妻子之意。

## 44. 福井

　福井は三里計なれば、夕飯したゝめて出るに、たそがれの路たどたどし。爰に等栽と云古き隠士有。いづれの年にか江戸に來りて予を尋。遥十とせ餘り也。いかに老さらぼひ①て有にや、将死けるにやと人に尋侍れば、いまだ存命してそこそこと教ゆ。市中ひそかに引入て、あやしの小家に夕貌・へちまのはえかゝりて、鷄頭・はゝ木々②に戸ぼそ③をかくす。さては此うちにこそと、門を扣ば、侘しげなる女の出て、「いづくよりわたり給ふ道心の御坊にや。あるじは此あたり何がしと云ものゝ方に行ぬ。もし用あらば尋給へ」といふ。かれが妻なるべしとしらる。むかし物がたりにこそかゝる風情は侍れと、やがて尋あひて、その家に二夜とまりて、名月はつるが

---

① 老さらぼひ，老衰。
② はゝ木木，汉字可写作"帚木"，扫帚草。与前面"夕顔"同为《源氏物語》的篇目名。
③ 原指户枢，这里泛指门扉。

天后,前往敦贺港观赏仲秋明月[1],等栽特意相送,撩起前襟下摆,兴致勃勃在前引路。

---

[1] 敦贺,和歌吟诵的景点之一,现福井县敦贺市,濒临日本海的港口城市。

のみなとにとたび立。等栽も共に送らんと、裾おかしうからげて、路の枝折①とうかれ立。

---

① からげて，卷起。路の枝折，即折树枝为路标。

第四十五段／

# 敦 贺

白根山渐渐隐去，比那山[1]现在眼前，渡过浅水桥来到玉江时[2]，已是芦荻抽穗时节。过莺关[3]，翻汤尾岭[4]，至燧城、归山一带[5]，初闻大雁啾啾自北飞来。十四日傍晚，求宿于敦贺港。

夜晚，月光分外明亮，寻问店主：明夜是否仍如此。店主斟酒，答道："北陆地方，天气变化无常，明日是阴是晴说不准。"当晚，即参拜气比神宫[6]。这是仲哀天皇御庙[7]，气象神圣而庄严。松林间月光筛落，殿前疑是满地白

---

[1] 比那山，现称日野山，位于福井和敦贺之间，海拔794.5米。
[2] 浅水桥、玉江，均为和歌吟诵的景点。
[3] 莺关，和歌吟诵的景点之一，位于福井县南条郡。
[4] 汤尾岭，南条郡和今庄之间的山岭，曾为古战场。
[5] 燧城，源义仲的城址，位于上注古战场东南方向的山上。归山，和歌吟诵的景点之一，今庄西南的一座山。
[6] 越前国最大的神宫。
[7] 仲哀天皇，史传中所记载的第十四代天皇。

## 45. 敦賀

　漸(やうやう)白根が嶽かくれて、比那(ひな)が嵩あらはる。あさむづの橋をわたりて、玉江の蘆は穂に出(いで)にけり。鶯(すぎ)の關を過て湯尾(ゆのを)峠(こゆ)を越(こゆ)れば、燧(ひうち)が城(じやう)、かへるやまに初鴈(はつかり)を聞(きゝ)て、十四日の夕ぐれつるが津に宿をもとむ。

　その夜、月殊(ことに)晴(はれ)たり。「あすの夜もかくあるべきにや」といへば、「越路(こしぢ)の習ひ、猶明夜(みやうや)の陰晴(いんせい)はかりがたし①」と、あるじに酒すゝめられて、けいの明神に夜参(やさん)す。仲哀天皇の御廟(ごべう)也。社頭(しやとう)神さびて②、松の木の間に月のもり入(いり)たる、おまへの白砂(はくさ)霜(しも)を敷るがごとし③。「往昔(そのかみ)、

---

① 此处依宋人孙复《八月十四夜》诗最后一句："银汉无声露暗垂，玉蟾初上欲圆时。清樽素瑟宜先赏，明夜阴晴不可知。"
② 社头，指神社周围。神さぶ，上二段动词，意为庄严的样貌。
③ 此句参见白居易诗《江楼夕望招客》："风吹古木晴天雨，月照平沙夏夜霜。"

霜。主人告诉我,昔日高僧游行二世[1]起宏愿、立壮志,亲自割草运砂填平了寺院旁一片沼泽地,使来往朝拜之路畅通。这一风尚延续至今,历代高僧住持皆搬砂至神前。故称"游行运砂砾"。

月色清,
朝拜路上游行僧,
携来白砂亮晶晶。[2]

十五日,店主的话果然应验,天阴降雨。

北国无常日,
昨夜月皎皎,
今日雨萧萧。[3]

---

[1] 游行二世,指他阿上人,字真教,元应元年(1319)八十三岁圆寂。这里说的是气比神宫附近有一沼泽,里面曾住有一条毒龙,气比神为此不安。游行二世深领神意,率领众僧用沙子将沼泽埋起来了。这一习惯延续至今。
[2] 此句释义为:夜空晴朗,月色皎洁。从二世他阿高僧开始,历代游行僧所搬来的白沙在神宫前沐浴着月光,使人感到洁白透彻、沁心入骨。
[3] 此句释义为:中秋明月,满怀期望特意来观赏,昨夜还是明月高挂,今日却阴雨蒙蒙。这北陆地方的天气啊,真是变化无常!

遊行二世の上人大願發起の事ありて、みづから草を刈、土石を荷ひ泥濘をかはかせて、参詣往來の煩なし。古例今にたえず、神前に眞砂を荷ひ給ふ。これを遊行の砂持と申侍る」と亭主のかたりける。


　　　月清し遊行のもてる砂の上


十五日、亭主の詞にたがはず①雨降。


　　名月や北國日和定なき

---

①　詞にたがはず，表示正如所说、果不出所料。

第四十六段 /

# 种之滨

十六日,天色放晴,为拾赤贝,放舟种之滨[1]。种之滨离敦贺港有五十里海路,天屋[2]备了饭盒、竹筒并带多名仆人同舟前往。一路顺风,抵岸边。仅有几间破旧的海女小屋,法华寺也已荒废。一行人在寺内饮茶、温酒,对酌尽兴。面对秋日黄昏之凄清,不胜感慨。

自古须磨秋寂寥,
砂滨黄昏更萧条。[3]

潮退海滩赤贝现,

---

[1] 和歌吟诵的景点之一,位于敦贺湾西北部海岸。
[2] 天屋,名五郎右卫门,俳号玄流。
[3] 此句释义为:多么凄凉的黄昏啊!与那自古著称的须磨秋色相比,这里则更是萧索寂寥。

## 46. 種の濱

　十六日、空霽たれば、ますほの小貝ひろはんと、種の濱に舟を走す。海上七里あり。天屋何某と云もの、破篭・小竹筒などこまやかにしたゝめさせ①、僕あまた舟にとりのせて、追風時のまに吹着ぬ。濱はわづかなる海士の小家にて、侘しき法花寺あり。爰に茶を飲酒をあたゝめて、夕ぐれのさびしさ感に堪たり②。

　　寂しさや須磨にかちたる濱の秋③

---

① したゝめさせ，准备。
② 感に堪たり，一般常用否定形式，表示感动至深，这里用肯定形式，同义。
③ にかちたる，胜于、胜过。"たる"为完了助动词"たり"的连体形。

更有荻花缀点点。[1]

嘱咐等栽将一天所见所闻笔录下来留存寺内。

---

[1] 此句释义为：海滩上微波拍拂，退潮时可以看见许多西行法师所吟诵的小贝壳，及散落的胡枝子花屑！

浪の間や小貝にまじる萩の塵

其日のあらまし、等栽に筆をとらせて寺に殘す。

第四十七段 /

# 大 垣

　　门人露通[1]到敦贺接我同去美浓国。一行骑马至大垣庄[2],曾良也自伊势返回,亦有弟子越人[3]策马赶来。众人会聚大垣藩士如行[4]家。门人前川子、荆口父子[5],亲朋好友昼夜不分频频来访。彼此相见恍如隔世,为我驱劳洗尘,庆贺平安归来。然而未等旅途之劳消散,转眼已到九月六日。欲参拜伊势神宫迁座仪式[6],即登舟起程。

---

[1] 本名斋部伊纪,芭蕉门下俳诗人。
[2] 大垣,美浓路的一大驿站。
[3] 越人,本名越智十藏,名古屋的商人,芭蕉门下俳诗人。
[4] 如行,近藤氏,大垣藩士,芭蕉门下俳诗人。
[5] 前川子,津田氏;荆口父子,宫崎氏,均为芭蕉门下俳诗人。
[6] 伊势神宫每隔二十一年举行改筑迁座仪式。元禄二年于九月十日至十三日迁宫。

## 47. 大垣

　露通も此みなとまで出むかひて、みのゝ国へと伴ふ。駒にたすけられて大垣の庄に入ば、曾良も伊勢より來り合、越人も馬をとばせて、如行が家に入集る。前川子・荊口父子、其外したしき人々日夜とぶらひて、蘇生のものにあふがごとく①、且悦び且いたはる。旅の物うさ②もいまだやまざるに、長月③六日になれば、伊勢の遷宮おがまんと、又舟にのりて、

---

① 意为"犹如见到起死回生的人"，这里与草加段的"且能生还就……"相呼应。
② 物うさ，倦怠、疲劳。
③ 長月，阴历九月。

秋逝兮,

蛤盖二分别诸友,

今日即登舟。[1]

---

[1] 此句与起程的俳句相呼应,一春一秋表明了整个旅行的时间。

蛤（はまぐり）のふたみにわかれ行（ゆく）秋ぞ

# 跋

孤寂清幽之境,潇洒淡雅之趣,惆怅感伤之情,行云流水,妙趣横生。细读《奥州小道》,铭心刻骨,禁不住拍案叫绝。时而欲着蓑衣步其后尘,时而静坐冥想沉浸于胜景之中,同享佳趣。师翁满怀激情,以悠闲自然之笔书之,如万斛深泉,随地倾泻,造就出珠玉璀璨之文。此乃羁旅之硕果,才华之结晶。然绝代俳圣,今日已雪眉霜鬓,龙钟纤弱,令人不胜叹惋。

元禄七年初夏[1]

素龙[2]书

---

[1] 芭蕉元禄二年出行奥州,《奥州小道》则是后来修改而成。元禄七年(1694)由素龙誊写完毕。同年十月十二日芭蕉病逝于大阪,终年五十一岁。
[2] 姓柏木,通称仪左卫门,京都人。元禄五年去江户,受芭蕉之托誊写《奥州小道》。他虽然不是芭蕉的门人,但俳句作品颇多,且擅长诗歌和书法,精通古典文学。

# 跋

　からびたるも、艶なるも、たくましきも、はかなげなるも、おくの細みちみもて行に、おぼえずたちて手たゝき、伏て村肝を刻む①。一般は簑をきるきるかゝる旅せまほしと思立、一たびは坐してまのあたり奇景をあまんず。かくて百般の情に、鮫人が玉②を翰にしめしたり。旅なる哉、器なるかな。只なげかしきは、かうやうの人のいとかよはげにて、眉の霜のをきそふぞ③。

　　　　　　　　　　　元禄七年初夏　素龍書

---

① 村肝を刻む，表示感受极其深刻。村肝，也写作"群肝"。
② 鮫人が玉，《述异记》云："南海中有鲛人室。水居如鱼，不废机织。其眼能泣，泣则出珠。"这里用以形容文如珠玉一般。
③ をきそふ，动词"置き添ふ"意为"增添"。ぞ，用在句末，表示概括或断定所说的事情。

# 旧版后记

我们为了翻译这本名著,前前后后竟用了二十多年时间,现在想起来,都有点不可思议。

第一次接触到《奥州小道》,还是在黑龙江大学三年级的时候,那时从日本来的专家内海忠治先生在古典文学的课上拿它作教材,从历史背景到人物分析讲得眉飞色舞,让我们也听得如痴如醉。可没讲到一半,学期就结束了,先生打道回国,真令人有余兴未尽之感。每每拿起来想继续读下去,但只凭着两三年的日语底子,哪里啃得动。于是乎,便两人一块儿来读,为了加深理解,一边查书一边整理古典语法,最后索性试着译成中文,半年下来,竟也积攒了厚厚几本笔记。为了译好俳句,又专程登门拜访了当时社科院外文所的李芒先生,得出的结论是尊重原作风格,不拘泥于"五七五"的固定形式。最后又按原文、注释、俳句欣赏、译文四个部分誊写了一遍,算是完成了一件事。一日碰到系主任刘耀武先生,呈阅此稿,竟得到夸

奖,说可以由学校打印成册作为辅助教材。这样便有了此书的雏形——十六开二百一十九页的打印本。封面上标有"八一年三月"的字样。

第二年年初,我们大学毕业,各奔一方,二十世纪八十年代中期又先后来到日本留学,一个搞江户文学,一个搞日语史。这期间,先后实地走访了奥州和北陆的一些景点,以加深对原文的理解。一九八七年十月在日本草加市举办的纪念《奥州小道》三百周年国际研讨会上,我应邀做了题为"松尾芭蕉和中国文学"的发言,并在会上结识了著名学者尾形仂先生,当年我们参考的多是他的译注本。那几年日本出了很多有关松尾芭蕉的书,我们在享有充分的研究成果的条件下,便陆陆续续地开始了修订工作,主要是对译文的修改。数易其稿,几度誊写,却仍是迟迟不能定稿。

早期的打印本,考虑到做教材用,是以日文原文为主,加以注释和翻译的,故对文中的古典语法部分做了较为详尽的解释。这次出版则以中文译文为主,只对人名、地名加注,删去了日语语法的注释,但出于俳句的特殊性,注解得较为详细。又为了照顾日语学习者的需要,附上了日文原文,以便对译查找。

二十年一晃而过,由《奥州小道》和日本语言文学结下的不解之缘,依然如故。几位关怀指导过我们的老先生

都已作古,现在能有这么一本中文译本出版,也总算是有个交代了。在此当然要特别感谢我们家乡的出版社——陕西人民出版社何大凡女士的鼎力协助。

陈力卫

二〇〇一年盛夏于日本东京

二〇〇三年岁末再记于西安

# 新版后记

这本小书二〇〇四年三月出版后,已经过去十七八年了,其间不断有人问起此书何时能再版,我也只是笑而不语。当时交由陕西人民出版社出版,其实印数不多,作为一本日本江户时代的俳句游记,也确实有些冷僻,市面不甚销售。尽管如此,不经意之间,此书也早已售罄。

有关此书的内容介绍和成书过程,这次三联版照录了前一版的导读和后记,此不赘述。但现在重读旧译,感到还是有些生硬的地方,想想四十年前毕竟还是学生,译文多参考了注释书及现代译法,这次修订直接依据原文,且理解得比以前更为深刻。故重审译注,颇有些心得。中文的译文改动不少,以期更为准确,译注也随之有所改变。又选了几幅江户时代的插图,以悦眼目。

原来的日文文本只是附在后面,没有做任何处理,这次仍旧依据素龙笔录本,参考"日本古典文学大系"(岩波书店)版,尽可能保持原文的表记和用字,增补了日本

汉字读音，并对相关的语法现象加注说明，以期能与中文译本相辅相成，既可以作为一本日本古典文学的读物，欣赏其原文的表达之美，也能学到些古典语法，起到一举两得之效。其实想来，这也是四十年前的初衷。

上次出版后，也陆续做了一些修订工作，这次整理译稿时，翻出原是高中语文老师的岳母大人一字一句手抄的全文译稿，不胜感慨，上面批注甚多，这次采纳其善者修改译文，聊作一种纪念。

旧版后记提到我们当时多参照了尾形仂教授的芭蕉研究，于是，当年旧版出版后便给先生寄去一本，他竟然联系《游星》俳句社，二〇〇六年六月让我去其任教的成城大学做了一场讲演。或许是一种缘分，二〇〇九年四月一日我转为成城大学的教员再次走进校园，可没想到的是尾形先生竟在五天前仙逝了。这种遗憾真是难以名状！

此次出版也受到了许多朋友的关心和帮助。北京大学历史系王铿先生曾多次询问出版一事，期盼早日出书。周围朋友也时常提起此书，鼓励我们再版。这次承蒙叶彤先生的厚谊，推荐在三联书店出版并给出许多好的建议，我们在此表示由衷的谢意，但愿这本小册子会给大家带来一点愉悦。

二〇二二年深秋<br>陈力卫　记于东京神乐坂